Große Schrift

Landarzt Dr. Holt

Daniela Buchholz

Flucht ins Leben

Band 2

Arztroman

ISBN: 9781718087262
Imprint: Independently published

Cover: Artemis Design

Dieser Roman erschien als ebook bereits unter dem Titel: Denn ewig lebt die Liebe /Flucht ins Leben
Die Personen in diesem Roman sind frei erfunden

DigiBuch EU ist ein Tochterunternehmen von Porcupine Publishing mit Sitz in Kansas City/Missouri in den USA. Gerichtstand ist daher Kansas City/Missouri

Langsam wurde es besser. Endlich begannen sich die Anfangsschwierigkeiten aufzulösen, die der Umzug von Heidelberg nach hier aufs Land für Dr. Holt und seine Familie mit sich gebracht hatte. Es war nicht einfach, das Vertrauen der Leute hier zu gewinnen, doch allein schon die Mundreklame seines ersten Patienten Herrn von Melhus und vor allem auch von seiner Tochter Claudia überzeugte doch den Einen oder Anderen, es einmal bei dem neuen Doktor zu versuchen. Inzwischen war Dr. Holts Praxis jeden Tag gut besucht. Er konnte sich über mangelnde Arbeit jedenfalls nicht beklagen. Dazu kam, dass er es jeden Tag mehr lernte, in den Herzen der Leute zu lesen und sie zu verstehen, auch ihr Misstrauen, dass sie ihm anfangs entgegengebracht hatten.

"Wir sehen uns zum Mittagessen", sagte der Doktor an diesem Morgen und erhob sich vom Frühstückstisch. "Viel Spaß in der Schule. " Er grinste und ging zur Tür. Dann drehte er sich noch einmal um, denn eigentlich hatte er Protest erwartet. Doch nichts dergleichen geschah. "Dann bis später. " Er warf seinen Töchtern eine Kusshand zu, dann war er aus der Küche.

Zwei Patienten warteten bereits auf ihn und schauten erfreut von ihren Zeitschriften auf, als er kurz den Kopf ins Wartezimmer streckte und ´guten Morgen` rief. "Bin in fünf Minuten soweit. Wer ist der erste?"

Ein Mann hob kurz die Hand, ließ sie aber gleich mit von Schmerzen verzerrtem Gesicht sinken. "Bei jeder Bewegung hab ich das Gefühl, mein Kopf zerplatzt". Sein rundes Gesicht wurde, wenn möglich, noch runder.

Wenige Minuten später betrat der Patient das Sprechzimmer. "Es ist nicht mehr auszuhalten, bitte helfen sie mir, Herr Doktor." Stockend berichtete der Mann, wo es ihm überall weh tat.

"Natürlich kann ich nachempfinden, dass die Kopfschmerzen Ihnen Sorge bereiten, Herr Lorenz." Dr. Alexander Holt lehnte sich in seinem Sessel zurück und betrachtete unauffällig seinen Patienten.

Seit einigen Monaten praktizierte der junge Arzt aus Heidelberg in der hübschen, ein wenig verträumten norddeutschen Kleinstadt Haselheide, und ganz gegen seine anfänglichen Bedenken wuchs sein Patientenstamm zwar sehr langsam aber doch beständig.

"Sie müssen auch mich verstehen, Herr Lorenz“, begann er nach kurzer Überlegung. "Ich kann es nicht verantworten, Ihnen nur zu Schmerztabletten zu raten, die im Übrigen mit der Zeit auch gar nichts mehr helfen werden."

Der stämmige Landwirt, dessen rote Wangen einen auffallenden Kontrast zu dem dichten, fast weißen Haar bildeten, blickte den Landarzt entsetzt an. "Dann stimmt es vielleicht doch, was meine Frau mir dauernd einzureden versucht. Ich hab einen Tumor." Seine Stimme schwankte. "Bitte, sagen Sie mir die Wahrheit, Herr Doktor."

Der Arzt schüttelte den Kopf. "Die Computertomographie, die Sie in Hamburg haben machen lassen, schließt dies mit nahezu hundertprozentiger Sicherheit aus. Viel wahrscheinlicher ist eine Durchblutungsstörung der oberen Gefäße. Darauf deuten auch Ihre Blutwerte hin."

"Ich weiß - das Cholesterin."

"Nicht nur." Dr. Holt nahm den Befund der letzten Untersuchung zur Hand. "Auch Ihre Triglyceride sind sehr stark erhöht. Mein Kollege, Doktor Pauling, hat es schon seit Jahren in Ihrem Krankenblatt notiert, dass Sie entsprechende Tabletten einnehmen müssen, bis die Diät, die er

Ihnen verordnet hat, ihre Wirkung zeigt. Wie mir scheint, sind beide Vorschläge bei Ihnen nicht gerade auf fruchtbaren Boden gefallen."

"Ihr Ärzte stellt euch das so einfach vor." Hilflos hob Knut Lorenz die Schultern. "Den ganzen Tag sind wir mit dem Vieh oder auf dem Feld beschäftigt, da hat meine Frau keine Zeit mehr, um mir Diät zu kochen. Wie sollte das wohl gehen? Ich esse, was auf den Tisch kommt und meine Frau ebenfalls."

Natürlich sah Dr. Holt die Argumente des Landwirts ein. Im Moment wusste er auch nicht, welchen Rat er ihm geben sollte. "Sie hätten zumindest die Tabletten einnehmen müssen, die Ihre Blutfette senken", wandte der junge Arzt ein. "Ich werde Ihnen jetzt noch einmal ein Rezept mitgeben. In vier Wochen sehen wir uns wieder zur Kontrolle. Lassen Sie sich draußen von Anne einen Termin geben."

Bedrückt nickte Knut Lorenz, nahm das Rezept in Empfang und erhob sich. "Sie meinen es ja gut, Herr Doktor. Doch Sie müssen auch mich verstehen. Es ist gar nicht so einfach, in meinem Beruf gesund zu leben. Das einzige, was ich jeden Tag im Übermaß bekomme, ist die frische Luft. Und die ist oft nicht einmal mehr richtig frisch sondern riecht meist nach Kuhstall."

Nun musste Alexander Holt doch lachen. Er reichte dem Patienten, der die fünfzig kaum überschritten hatte, die Hand. "Trotz allem ist Ihr Humor ungebrochen", stellte er fest. Dann überlegte er einen Moment. "Eine Möglichkeit gibt es noch, um zumindest eine Grundlage für eine Besserung Ihres Zustandes zu schaffen. Allerdings erfordert das ein wenig Zeitaufwand."

"Ist das teuer?", fragte Knut Lorenz vorsichtig. "Ich meine, wenn es hilft, dann will ich ja alles tun", fügte er hastig hinzu. "Diese Kopfschmerzen sind manchmal kaum auszuhalten, besonders wenn das Wetter umschlägt."

"Das glaube ich Ihnen. Deshalb auch mein Vorschlag. Sie kommen zweimal die Woche zur Infusion. Eine halbe Stunde Zeit müssten Sie aber mitbringen. Ich werde Ihnen das Medikament, übrigens rein pflanzlich, auf ein gesondertes Rezept schreiben, denn das müssen Sie selbst bezahlen, die Kasse übernimmt das nicht. Sie können es dann gleich mit einlösen. Einverstanden?", Er nahm einen grünlichen Rezeptvordruck und schrieb rasch einen längeren Präparatenamen auf.

"Zweimal die Woche könnte ich schon kommen", überlegte Knut Lorenz. "Und das soll wirklich helfen? Obwohl es nur pflanzlich ist?" Die Skepsis war ihm deutlich anzusehen.

"Haben Sie schon einmal etwas von Ginkgoextrakt gehört? Aus den Blättern dieses Baumes wird ein besonders wirksames, fast nebenwirkungsfreies Mittel zur Durchblutungsförderung hergestellt", erklärte er, während er dem Patienten das Rezept zurückgab. "Wir können gleich morgen anfangen. Und nach der Infusionstherapie können Sie dann mit Tabletten weiter machen. Bis dahin schreibe ich ihnen noch einmal Schmerztabletten auf. Doch zur Senkung Ihres Cholesterinspiegels bleibt auf Dauer nicht viel anderes als Diät."

"Ja, ich hab schon verstanden. Ich werde es mit meiner Frau besprechen. Irgendwie müssen wir das hinkriegen, denn so kann ich nicht weitermachen. Das ist inzwischen nicht mehr auszuhalten. Vielen Dank, Herr Doktor." Der Landwirt nickte und verließ ziemlich verwirrt die ärztliche Praxis. Fast hätte er sogar vergessen, sich bei Anne Gerber, der hübschen Sprechstundenhilfe, die noch aus Dr. Paulings Zeiten stammte, einen neuen Termin geben zu lassen. Doch Dr. Holt hatte schon so etwas geahnt und war ihm gefolgt.

Anne lächelte ihren Chef an. Sie fühlte sich wohl in der Praxis und unter neuer Leitung. Da sie selbst noch ziemlich jung war, gerade vierundzwanzig, wusste sie den frischen Wind und das lockere Arbeitsklima zu schätzen, das sich so ganz von der Praxisführung von Dr. Holts Vorgänger unterschied.

"Gleich um acht?“, fragte die Arzthelferin und lächelte freundlich.

Der Landwirt zuckte die Schultern. "Von mir aus auch früher", antwortete er. "Ich muss um vier aufstehen, sonst werde ich mit meiner Arbeit nicht fertig."

"Das ist für uns fast ein bisschen früh", schmunzelte der Arzt und legte seinem Patienten eine Hand auf die Schulter. "Sie brauchen sich wirklich keine zu großen Sorgen zu machen, Herr Lorenz. Noch ist es nicht so akut, dass wir zu massiveren Maßnahmen greifen müssen. Ich bin sicher, wir bekommen Ihre Krankheit auch so in den Griff."

"Na, ich weiß nicht", antwortete Knut Lorenz skeptisch. "Das, was Sie mir alles gesagt haben, klingt nicht sehr gut. Mein Vater ist an Durchblutungsstörungen gestorben. Im Krankenhaus haben sie ihm ein Bein abgenommen und dann, nach einem Jahr, das zweite. Danach hat er nicht mehr lange gelebt, vielleicht drei oder vier Monate. Sein Tod war eine Erlösung."

"Und genau dem wollen wir vorbeugen. So weit wie bei Ihrem Vater ist es bei Ihnen zum Glück noch nicht. Sie haben gute Aussichten, wieder ganz gesund zu werden, vorausgesetzt natürlich, Sie halten sich ein wenig mit dem Essen und vor allem auch mit dem Trinken." Dem Arzt war natürlich sofort aufgefallen, dass der Landwirt kein Kostverächter war. Auch die abendlichen Wirtshausbesuche waren ihm nicht verborgen geblieben.

Knut Lorenz verabschiedete sich, nachdem er den Terminzettel von Anne in Empfang genommen hatte. Dann griff er nach seinem Hut, der auf dem Haken hing und schlich ziemlich bedrückt hinaus.

"Wann wollte sich meine neue Kollegin

vorstellen?“, fragte Anne vorsichtig. "War das nicht heute?“,

Dr. Holt fasste sich an den Kopf. "Natürlich", stellte er erschrocken fest und blickte auf seine Armbanduhr. "Eigentlich müsste sie schon beinahe hier sein."

In diesem Moment läutete das Telefon, Anne nahm ab. Während sie telefonierte strich sie sich immer wieder mit der rechten Hand durch ihre dichten, fast schwarzen Locken. "Einen Augenblick, Kerstin, ich gebe Ihnen den Doktor." Sie reichte den Hörer weiter.

Fragend blickte der Arzt seine Helferin an.

"Es ist Kerstin Wolfart. Ihre Tante hat Probleme. Es geht ihr nicht gut, deshalb kann sie nicht kommen."

Dr. Holt meldete sich, lauschte einen Moment und versprach dann, sofort zu kommen. "Wenn jemand kommt, dann soll er sich ungefähr eine Stunde von jetzt an gedulden. Wo ist eigentlich die Jahnstrasse?“,

Anne schilderte ihm den genauen Weg, dann zog sie eine Schublade auf. "Ich hab ganz vergessen, dass wir schon seit Urzeiten einen Straßenplan haben." Sie faltete die Karte auseinander und zeigte ihm den genauen Fahrtweg. Die Jahnstraße lag am anderen Ende der Stadt, ein schönes Stück zu fahren.

"Mindestens zehn Minuten werde ich bestimmt brauchen", stellte Alexander fest und nahm bereits seine Notfalltasche aus dem Schrank, während er mit der anderen Hand noch immer das Telefon ans Ohr hielt. "Der Beschreibung nach hat die Tante Unterzucker. Ich muss mich also beeilen. Geben sie ihr zur Überbrückung ein Glas Cola oder sonst was Süßes." Er legte den Hörer zurück und winkte seiner Helferin noch freundlich zu, dann war er aus dem Zimmer.

Kerstin Wolfart wartete bereits auf ihn. Sie war sichtlich nervös, reichte ihm nur kurz die Hand und bat ihn dann in das kleine Häuschen, das ihrer Tante gehörte. "Bitte, entschuldigen Sie, Herr Doktor, dass unser Zusammentreffen an meinem ersten Arbeitstag bei Ihnen auf diese Weise, hier im Haus meiner Tante, stattfindet."

Dr. Holt blickte die junge Frau forschend an. "Wie geht es Ihrer Tante?"„ fragte er mitfühlend und wartete darauf, dass sie ihn zum Krankenzimmer führte. "Sie sagten, dass Ihre Tante an Diabetes leidet."

"Deshalb bin ich nach Haselheide gezogen", erklärte die junge, hübsche Frau. "Meine Tante kann sich allein nicht mehr richtig versorgen. Und da wir beide keine Familie mehr haben, nur noch uns beide, da lag es natürlich nahe, dass ich mich um sie kümmere."

Dr. Holt untersuchte die ältere Frau, die matt und irgendwie teilnahmslos im Bett lag. Ihre wasserblauen Augen beobachteten ihn, und doch hatte er das Gefühl, als würde sie ihn gar nicht richtig wahr nehmen.

"Wie lange liegt sie denn schon so?“,

"Als ich vorhin in ihr Zimmer kam, um mich von ihr zu verabschieden, da gab sie keine Antworten mehr. Dabei war sie, als ich gestern ankam, richtig gesprächig und munter. Ich weiß nicht, was diese Veränderung bewirkt hat."

"Was hat sie denn gestern Abend noch zu sich genommen?“,

Kerstin zuckte die Schultern. "So genau weiß ich das nicht. Als ich kam, hatte sie ihr Abendessen bereits gegessen. Das sagte sie jedenfalls. Ist es sehr schlimm?“,

Dr. Holt zog bereits eine Spritze auf. "Ich glaube nicht", antwortete er leise. "In einigen Minuten müsste sie wieder einigermaßen munter sein." Er lächelte seine zukünftige Helferin an. "Für heute sind Sie entschuldigt. Ich bin sicher, dass es Ihrer Tante rasch wieder besser geht."

"Vielen Dank, Herr Doktor." Die junge Frau errötete ein wenig. "Darf ich Ihnen eine Tasse Kaffee bringen? Ich habe vorhin erst aufgebrüht."

Alexander lehnte freundlich dankend ab. Er sah erleichtert, wie die Wangen der Patientin schon wieder ein wenig Farbe bekamen. "Da sind Sie ja wieder", stellte er zufrieden fest und griff nach ihrer Hand. "Es war Unterzucker. So was kann bei Diabetikern immer mal wieder vorkommen.

Eigentlich sollten Sie für diesen Fall immer ein Notfallfläschchen mit Glukose greifbar haben."

"Haben wir sonst immer. Sie sind ausgegangen, und ich hab es erst vorhin, als ich sie brauchte, gemerkt. Ehrlich gestanden hab ich in den letzten Tagen auch nicht mehr so sehr drauf geachtet sondern mich mehr um meine eigene berufliche Zukunft gekümmert. Meine Tante hat sich darum auch immer selbst gekümmert, und ich hab nur aufgepasst." Kerstin senkte schuldbewusst den Blick.

"Es ist ja noch mal gut gegangen, machen Sie sich jetzt keinen Kopf deshalb", beschwichtigte Alexander sie und legte seine Hand für einen kurzen Moment an Kerstins Schulter. "Da es Ihrer Tante schon wieder wesentlich besser geht, übergebe ich sie vertrauensvoll in Ihre Obhut", versuchte er einen Scherz, um die Stimmung ein wenig aufzulockern. "Ich muss so rasch wie möglich in die Praxis zurück." Er fasste nach der Hand seiner Patientin, um deren Puls zu fühlen. Dann nickte er zufrieden. "Es ist bereits viel besser. Bitte achten Sie darauf, Kerstin, dass Ihre Tante in ausreichender Menge Kohlenhydrate zu sich nimmt. Das ist absolut lebensnotwendig für sie. Ich vermute, dass sie gestern nichts gegessen und dennoch die verordneten Einheiten gespritzt hat. Deshalb auch der Zusammenbruch."

Ein paar Minuten blieb der Arzt noch am Bett der Patientin sitzen, bis sie sich soweit erholt hatte, dass er sie beruhigt in Kerstins Hände übergeben konnte. "Da sind Sie ja wieder, Frau Wolfart. Ihre Nichte hat sich große Sorgen um Sie gemacht."

Die Frau, der man die siebzig Lebensjahre nicht ansah, die sie bereits hinter sich hatte, blickte verwundert in das Gesicht des fremden Mannes. "Wer sind Sie? Etwa der neue Doktor?“

Alexander stimmte lächelnd zu. "Ich hoffe, Sie sind mit meinem Besuch einverstanden. Ihre Nichte hat sich ziemlich erschreckt, als sie gar nicht mehr reagierten."

"Mein Zucker - ich weiß." Die Frau seufzte. "Irgendwann einmal wird er mir den Garaus machen."

"So schnell geht das bestimmt nicht, Frau Wolfart." Dr. Holt lächelte noch immer. "Sie müssen nur darauf achten, das Sie immer ordentlich essen und vor allem das Richtige, wenig Zucker und kaum leere Kohlenhydrate. Doch jetzt ist ja Kerstin da. Sie wird sich um alles kümmern." Er wandte sich zu der jungen Frau um, die erleichtert aufatmete.

"Ich werde gut für Tante Emmy sorgen", versicherte diese auch sofort. "Am besten, ich zaubere gleich ein richtiges Mittagessen. Um den Garten kann ich mich auch noch am Nachmittag kümmern." Sie begleitete den Arzt nach draußen, nachdem er sich von der Kranken verabschiedet hatte.

"Vielen Dank, Herr Doktor, dass Sie so rasch

gekommen sind. Ich dachte im ersten Moment wirklich, es würde mit ihr zu Ende gehen. Die Aufregung und die Anstrengung der letzten Tage, seit ich hier bin, haben sie bestimmt aus dem Gleichgewicht gebracht", erklärte sie, noch immer etwas atemlos.

"Sie sollten sie die nächsten Stunden nicht zu lange aus den Augen lassen. Und wenn sich etwas verändert, dann sagen Sie mir bitte gleich Bescheid." Dr. Holt verabschiedete sich jetzt auch von Kerstin und stieg in sein Auto.

"Bis morgen also. Heute Abend rufen Sie mich bitte an und berichten, wie es Ihrer Tante geht." Er hob noch einmal grüßend die Hand, dann fuhr er langsam an und ordnete sich vorsichtig in den laufenden Verkehr ein, der um diese Tageszeit auf der Durchfahrtsstraße herrschte.

Kerstin hatte noch immer ein Lächeln um die Lippen, als sie ins Haus zurück ging. Sie freute sich auf einmal richtig auf ihre neue Arbeit in einem neuen Wirkungskreis. Wenn ihre Kollegin auch so nett war wie der Doktor, dann würde einem angenehmen Arbeitsklima gewiss nichts im Wege stehen.

* * *

Zum halb geöffneten Fenster drang der etwas verschlafene Gesang eines Vogels ins Zimmer. Im

Haus herrschte noch Stille, während sich draußen in der freien Natur bereits erstes Leben regte. Es versprach, ein wunderschöner Sommertag zu werden.

Silvia Ehleiter drehte sich stöhnend in ihrem Bett herum. Die Siebzehnjährige hatte anscheinend einen ziemlich lebhaften Traum oder gar einen Alptraum, denn sie warf immer wieder den Kopf von einer Seite auf die andere, wobei sich die Flut ihrer goldblonden Haare über das rote Kissen ergoss.

Endlich gelang es ihr, aufzuwachen. Sie öffnete mühsam die Augen und hatte im ersten Moment Schwierigkeiten, sich zu orientieren. Immer wieder wischte sie mit den Handrücken über die Augen und blickte sich um.

"Verflixt", schalt sie sich selbst. "Jetzt kommt die Stunde Null. Wenn es schief gegangen ist, dann steh ich ganz schön im Regen." Ihre eigene Stimme beruhigte Silvia etwas. Sie schwang die langen schlanken Beine aus dem Bett und wartete schon darauf, dass sich dieses unangenehme Gefühl in der Magengegend wieder einstellen würde.

Vorsorglich legte das Mädchen schon eine Hand unter den Rippenbogen. Doch heute spürte sie nur das aufgeregte Klopfen ihres Herzens. Mit zitternden Fingern zog sie die Nachttischschublade auf und holte eine schmale flache Schachtel heraus.

Eine Minute zögerte sie noch, dann verschwand sie im Nachthemd im angrenzenden Badezimmer. Tausend Gedanken gingen ihr durch den Kopf, sie schwebte zwischen Hoffen und Bangen, zwischen Freude und grenzenloser Angst.

Wenig später kam Silvia wieder in ihr gemütlich eingerichtetes Jungmädchenzimmer zurück. Sie schlüpfte noch einmal unter die Bettdecke, denn es waren noch mindestens zwei Stunden Zeit bis zum Frühstück, gerade lange genug, um auf ein dringendes Ergebnis zu warten und dieses, wenn nötig, soweit zu verarbeiten, dass man es ihr nicht ansehen konnte. Dies würde über ihre ganze Zukunft entscheiden, dessen war sich Silvia bewusst.

Wie langsam die Zeit verging!

Kaum war eine Minute vergangen, da blickte Silvia zum ersten Mal auf ihren kleinen Radiowecker, dessen leuchtend gelbe Zahlen die Dämmerung zerschnitten. Sie seufzte, überzeugt davon, dass die nächsten Minuten, die noch vor ihr lagen, wohl die längsten in ihrem Leben sein würden.

Was sollte sie tun, wenn sich ihr Verdacht bewahrheitete? Dieser Gedanke versetzte das junge Mädchen in einen Zustand fast unerträglichen Entsetzens. Was würde Christian dazu sagen, wenn sie ihm diese Hiobsbotschaft erzählte? Würde er sich dann mit Grausen von ihr abwenden?

Silvia war den Tränen nahe, als die es nicht mehr aushalten konnte und deshalb viel zu früh aus dem Bett sprang und ins Badezimmer lief. Und noch immer hatte sie keinen Entschluss gefasst, wie es weitergehen sollte im Falle eines Falles.

Die Angst hatte ein eisernes Band um ihren Brustkorb gelegt, als sie an der Tür stehen blieb und sich auf einmal nicht ins Bad traute. Sie schloss die Augen und stellte sich die Erleichterung vor, die sie gleich empfinden würde. Oder aber…

Dann machte sie, nachdem sie noch einmal tief Luft geholt hatte, die Augen wieder auf. Es dauerte ein bisschen, bis sie sich an das Licht der Deckenleuchte gewöhnt hatte, denn in dem kleinen Badezimmer gab es kein Fenster, nur einen eingebauten Ventilator für die frische Luft.

Silvia wartete an diesem Morgen vergeblich auf die Erleichterung, die sie sich so sehr gewünscht hatte. Auf der kleinen Scheibe war ohne Zweifel ganz deutlich ein Kreuz zu erkennen.

Der Schwangerschaftstest war positiv ausgefallen. Silvia Ehleiter, die Tochter des Lehrers, erwartete ein Kind von Christian Scholpp. Und sie ahnte schon jetzt, dass ihr Freund nicht gerade begeistert sein würde von der Aussicht, bald Vater zu werden.

Christian war sehr ehrgeizig, studierte Jura und wollte einmal ein ausgezeichneter Anwalt werden. Mit seinen vierundzwanzig Jahren hatte er bereits feste Vorstellungen von der Zukunft, in der ein kleines Kind gewiss keinen Platz haben würde.

Silvia schlug die Hände vors Gesicht. Ihr Herz klopfte immer heftiger, und einen Moment lang hoffte sie sogar, der Schlag würde sie treffen. Dann war sie aller Sorgen enthoben.

Wem sollte sie sich anvertrauen in ihrer Not? Der Mutter? Bei der Vorstellung stiegen Gewissensbisse in ihr hoch. Wie oft hatte die Mutter sie davor gewarnt, sich ohne Absicherung mit einem Jungen einzulassen! Und nun war es doch geschehen.

Oder sollte sie fürs Erste den Vater einweihen?

Silvia verzog ihr Gesicht zu einem freudlosen Lächeln, das nicht ihre Augen erreichte. Das war noch unmöglicher. Der Vater hatte solch hohe Moralvorstellungen, dass sie kaum zu verwirklichen waren. Bestimmt würde er sie gleich aus dem Haus jagen, wenn er von der bevorstehenden Vergrößerung seiner Familie erfuhr.

Die Situation war aussichtslos. Silvia merkte, wie sich ihre Gedanken im Kreis zu drehen begannen. Ihr Herz raste vor Entsetzen, und für einen Moment lang glaubte sie sogar, in Ohnmacht zu sinken vor lauter Angst. Doch nichts geschah. In ihrem Kopf war ein einziges Durcheinander, und zu einem Entschluss kam sie nicht.

Christian, dachte sie nur, was wird Christian dazu sagen, wenn er erfährt, was geschehen ist? Seit einigen Wochen, seit dieser Verdacht in ihr immer konkretere Formen angenommen hatte, war sie einige Male drauf und dran gewesen, dem Geliebten ihre Ängste mitzuteilen. Sie hatte es dann doch nicht getan, weil die Furcht, von ihm wegen eines Kindes, das er nie wollte, im Stich gelassen zu werden, alles andere überdeckte.

Die Stimme der Mutter erklang von unten. Es war Zeit, zum Frühstück ins Esszimmer zu gehen. Frau Ehleiter schätzte es nicht, wenn ihre Familie nicht wenigstens am Wochenende pünktlich und vollzählig am Tisch erschien. Da war sie ganz die Frau des Lehrers August Ehleiter, dem größten Pedanten am Gymnasium von Rothenhusen.

Silvia fühlte Übelkeit in sich aufsteigen. Im ersten Moment entschloss sie sich, so zu tun, als hätte sie sich eine Grippe eingefangen. Doch dann stieg wieder das altbekannte schlechte Gewissen in ihr auf. Die Mutter würde sich bestimmt große Sorgen machen, wie immer, wenn sie in der Vergangenheit krank gewesen war.

Also zog sich die Siebzehnjährige rasch an und ging nach unten. Schon auf der Treppe übte sie ein fröhliches Lächeln, wie es sich für ein Mädchen ihres Alters gehörte. Und als sie das Esszimmer betrat, wo die Eltern bereits am Kaffeetisch saßen und ihr erwartungsvoll entgegenblickten, da hatte sich Silvia wieder soweit unter Kontrolle, dass sie sogar unbefangen einen guten Morgen wünschen und sich an den Tisch setzen konnte, als sei überhaupt nichts geschehen.

Doch wie es in ihrem Innern aussah, merkte niemand. Nur die Mutter warf ihrem einzigen Kind hin und wieder einen forschenden Blick zu als würde sie tief in ihrem Herzen ahnen, dass es Silvia nicht so gut ging wie sie den Eltern glauben machen wollte.

August Ehleiter hielt seiner Frau die leere Kaffeetasse hin, während er mit der anderen Hand in den Korb griff und nach einem Brötchen mit viel Salz suchte. Offensichtlich hatte er es auch bald gefunden, denn er legte es zufrieden auf seinen Teller, während seine Frau Corinna ihm eilig die Tasse wieder mit dem dampfenden, duftenden Getränk füllte.

"Was bin ich doch froh", stellte der Lehrer mit dem Brustton der Überzeugung fest, dass ich solch eine wunderbare anständige Familie habe, die genau weiß, was sich gehört." Er war sichtlich stolz.

Silvia betete inständig, der Boden möge sich unter ihr auftun und sie verschlingen. Doch nichts dergleichen geschah. So versuchte sie, wenigstens ein bisschen Interesse zu zeigen, obwohl sie das Esszimmer viel lieber fluchtartig wieder verlassen hätte.

"Warum sagst du so etwas, Vati? Bestimmt wirst du gleich wieder mit einem Beispiel aufwarten. Hab ich Recht?“ Silvia rang sich ein Lächeln ab, musste jedoch die Lippen zusammenpressen, weil ihr die allmorgendliche Übelkeit den Hals zuschnürte.

"Ja, du hast Recht, meine Tochter." Der Lehrer biss selbstzufrieden in sein Butterbrötchen. Offensichtlich fühlte er sich ausgesprochen wohl. "In meiner Klasse befindet sich eine Sechzehnjährige, die von ihrem gleichaltrigen Freund ein Kind bekommt. Ich kann nicht verstehen", fuhr er nach kurzer Überlegung fort, "wie die Mädchen nur so leichtsinnig sein und sich ihr ganzes Leben verbauen können."

Silvia hielt einen Moment lang die Luft an. "Wird er sie heiraten?“, fragte sie aus ihren Gedanken heraus.

August Ehleiter zuckte die Schultern. "Ich weiß es nicht, und es ist auch gar nicht so wichtig", antwortete er in belehrendem Ton. "Auch wenn er sie heiratet, so hat sie doch ihre Zukunft verspielt. Was soll eine Sechzehnjährige mit solch einem kleinen Schreihals? Sie kann ihr Abitur nicht mehr machen, erhält keine gescheite Berufsausbildung, und außerdem wird sie spätestens in ein paar Jahren merken, dass sie auf diese Weise ihre ganze Jugend, ihre Freiheit aufgegeben hat."

Insgeheim musste Silvia ihrem Vater, in diesem Punkt zumindest, Recht geben. Auch ihre Befürchtungen bewegten sich zeitweise in diese Richtung. Würde sie es schaffen, ihrem Kind trotz ihrer Jugend eine gute Mutter zu sein?

Das Mädchen bezweifelte das. Es brauchte selbst noch die Mutter, jetzt vielleicht dringender als je zuvor. Wie konnte Silvia da selbst Mutter sein? Doch das Kind abtreiben lassen, diese Lösung kam für sie nicht in Frage. Darüber wollte sie nicht einmal nachdenken und auch nicht darüber sprechen. Es musste eine andere Lösung, einen anderen Weg geben. Und den musste sie finden - vielleicht sogar mit Christians Hilfe. Denn immerhin war er der zukünftige Vater.

Bei diesem Gedanken fühlte sich Silvia wieder voller Hoffnung. Sie liebte Christian von ganzem Herzen und wollte auch in Zukunft nicht ohne ihn leben. Ja, sie konnte sich sogar vorstellen, ein ganzes Leben lang mit ihm zusammen zu bleiben. Jetzt kam es nur darauf an, wie sich ihr Geliebter zu der veränderten Situation stellte. Das musste sie so rasch wie nur möglich abklären. Am besten heute noch.

* * *

Christian Scholpp saß an seinem Schreibtisch und versuchte, sich auf seine Bücher zu konzentrieren. Doch seine Blicke wanderten immer wieder zum Fenster und nach draußen. Es war ein herrlicher Sommertag, und die Sehnsucht in dem jungen Mann wurde immer größer.

Seit zwei Tagen hatte er Silvia nicht mehr gesehen, die bildhübsche Tochter des Gymnasiallehrers von Rothenhusen. Insgeheim musste er sich natürlich eingestehen, dass diese Trennung auf Zeit von ihm ausgegangen war. Er musste für das Studium lernen, denn Christian war ziemlich ehrgeizig. Jetzt jedoch tat es ihm fast Leid, dass er lediglich versprochen hatte, sich zu melden, wenn er wieder einmal Zeit für ein Treffen hatte.

Er reckte sich weit über seinen Tisch, um den Fensterflügel ganz zu öffnen und den schönen

Nachmittag ins Zimmer zu lassen. Da entdeckte er sie, und ihm war zumute, als würde die Sonne heller scheinen als zuvor, als würden die Vögel lauter und fröhlicher zwitschern als gerade eben noch.

"Silvie!" rief er dem jungen Mädchen zu, das jetzt mit raschen Schritten aufs Haus zukam. "Gerade hab ich an dich gedacht, Silvie."

Sie blickte zu ihm auf. "Darf ich hinaufkommen?“ Ihre helle Stimme hallte über den Hof. Sie strich ihr langes blondes Haar zurück, in dem sich die Strahlen der Nachmittagssonne verfingen. "Ich will dich nicht stören. Bestimmt hast du den Nachmittag zum Lernen eingeplant."

"Du störst nicht, Silvie. Ich bin froh, dass du da bist. Warte, ich werde dir gleich die Haustür öffnen." Er sprang auf und rannte nach unten. "Das war Gedankenübertragung." Voller Leidenschaft umarmte er sie.

"Bist du allein? Wo sind deine Eltern?“ Silvia blickte sich um. "Das Auto ist nicht da", stellte sie erleichtert fest.

Seine Umarmung wurde leidenschaftlicher. Er versuchte, sie zu küssen, doch das Mädchen drehte hastig den Kopf zur Seite, tat so, als hätte es etwas Interessantes entdeckt.

"Was ist mit dir?“, fragte er überrascht, legte seine Handflächen an ihre kühlen Wangen und zwang sie auf diese Weise, ihn anzusehen. "Du hast was. Los, sag, was es ist. Liebst du mich nicht mehr? Silvie, rede mit mir." In seiner Stimme lag plötzlich Angst, sein Herz machte einige raschere Schläge und die Leidenschaft von eben war mit einem Mal verschwunden. "Sag doch was …"

Silvia fühlte, wie ihr Tränen in die Augen stiegen. Sie merkte ganz deutlich, wie sehr sie Christian liebte, und die Angst, ihn zu verlieren, wurde beinahe übermächtig in ihr. Sie versuchte, seinem forschenden Blick auszuweichen.

"Du hast etwas auf dem Herzen." Jetzt war er sich ganz sicher. "Nur deshalb bist du gekommen, und nicht, um mich in den Arm zu nehmen." Liebevoll wischte er ihre Tränen von den Wangen. "Du bist ganz blass, Liebes. Willst du dich einen Augenblick hinlegen, während ich dir etwas zu trinken hole? Möchtest du Tee?",

Silvia schüttelte den Kopf. "Ich fühle mich nicht besonders wohl", wehrte sie verlegen ab. In ihrem Kopf überschlugen sich die Ausreden, die sie Christian gegenüber gebrauchen wollte. Würde er ihr glauben oder nicht? Warum nur wagte sie es auf einmal nicht mehr, ihm die Wahrheit zu sagen? Aus Angst, ihn zu verlieren? Ja, das war es vermutlich.

"Ich hatte auf einmal diese unsinnige Idee, du könntest mich nicht mehr lieb haben", begann sie zögernd. "Wie ich darauf gekommen bin weiß ich selbst nicht mehr. Der Gedanke war plötzlich da und ich konnte nicht mehr damit fertig werden. Ich musste dich sehen, mit dir reden, damit ich weiß, dass zwischen uns beiden noch alles in Ordnung ist. Das ist es doch?“ Sie blickte in seine Augen, und er wich ihr nicht aus.

"Natürlich ist alles bestens, Herzchen." Er küsste sie zärtlich und merkte glücklich, wie sie sich langsam beruhigte. "Du dachtest, ich hätte mich von dir zurückgezogen und Arbeit vorgetäuscht. Kann das sein?“ Seine Stimme klang unendlich zärtlich.

"Du hast Recht", gab das Mädchen zu. "Bitte, Christian, sag mir, ob du dir vorstellen könntest, ein ganzes Leben lang mit mir zu verbringen."

"Darüber haben wir bereits gesprochen, Liebes. Ich will niemals eine andere Frau haben als dich. Doch im Augenblick sind wir beide für solche Überlegungen noch viel zu jung." Er stupste mit dem Zeigefinger ihre Nasenspitze an. "Ich ahne, worauf du hinaus willst. So unsensibel bin ich nicht, dass ich nicht in der letzten Zeit gemerkt hätte, welche Gedanken dir durch den Kopf gehen."

Silvia erschrak bis ins Herz, während sich gleichzeitig sogar ein wenig Erleichterung einstellte. Sollte er wirklich wissen, was mit ihr los war? Hatte sie sich am Ende unbewusst verraten und er freute sich auf das Kind, das sie unter dem Herzen trug, ohne dass sie überhaupt eine Ahnung davon hatte, dass er ihre versteckten Fragen richtig gedeutet hatte.

"Ist das wirklich wahr, Christian?“, fragte sie vorsichtig. "Und was sagst du dazu?“

Er umarmte sie erneut. "Dummchen", flüsterte er

rau an ihrem Ohr. "Ich liebe dich, so, wie du bist. Dass du nicht gerade glücklich bist, wenn ich in der Stadt den Rest meines Studiums hinter mich bringe, kann ich sehr gut verstehen. Doch du brauchst dir wirklich keine Sorgen zu machen, dass mir andere Mädchen über den Weg laufen könnten, die mir besser gefallen als meine Silvie, das ist absolut unsinnig."

Das Mädchen sank vor Enttäuschung in sich zusammen. Silvias Hoffnungen hatten sich nicht erfüllt, Christian deutete ihre Verzweiflung völlig falsch. Dennoch versuchte sie, sich nichts anmerken zu lassen. "Warten wir es ab", antwortete sie tonlos.

"Silvie", er hob ihr Kinn mit den Fingern zu sich empor, "du glaubst mir nicht. Und die Idee, dass du mich mit einem Kind an dich ketten müsstest, schlage dir aus dem Kopf. Wir sind beide noch viel zu jung, um eine Familie zu gründen."

"Christian, bitte..."

"Still, Liebes", unterbrach er sie und verschloss ihre Lippen mit einem Kuss. "Ich hab dich von Herzen lieb, Silvie, und ich kann dir jetzt schon versprechen, dass es nichts auf dieser Welt gibt, das uns trennen könnte, außer du würdest mich mit einem Kind überrumpeln. Das wäre in meinen Augen ein grober Vertrauensbruch."

"Aber du verstehst mich falsch, Christian", versuchte das Mädchen noch einen Einwand, der jedoch wieder von ihm unterbrochen wurde.

Christian war offensichtlich nicht gewillt, sich irgendeiner Diskussion bezüglich der Zukunft zu stellen.

Da gab Silvia ihre Bemühungen auf. Und während sie sich seinen Zärtlichkeiten hingab, waren ihre Gedanken sorgenschwer und voller Angst auf das gerichtet, was vor ihr lag. Sie musste eine Lösung finden, die allen gerecht wurde, vor allem jedoch Christian, den sie von Herzen liebte.

Diese Lösung war ganz plötzlich da. Und Silvia war überzeugt davon, dass es der einzige Weg war, den sie gehen durfte. Doch es würde ein schwerer Weg werden, ein Weg in die Einsamkeit.

* * *

Noch immer konnte sich Landarzt Dr. med. Alexander Holt nicht an seiner neuen Heimat satt sehen. Haselheide und Umgebung waren nicht nur von einer Ruhe und Beschaulichkeit, die sogar zum Kuren stressgeplagter Städter gereicht hätte. Auch die Natürlichkeit der Landschaft, die saftig grünen Wiesen, auf denen große Schafherden weideten, ließ das Herz eines jeden Naturliebhabers höher schlagen.

Deshalb war es auch verwunderlich, dass Haselheide bis jetzt vom Tourismus verschont geblieben war. Die Bewohner des Ortes und der umliegenden Dörfer unternahmen auch nichts, um an diesem Zustand etwas zu ändern. Sie liebten ihre

Arbeit in der Landwirtschaft und in der spärlichen Industrie von Rothenhusen, und waren ansonsten bedacht, die Freizeit, die nach den täglichen Pflichten übrig blieb, sinnvoll zu nutzen.

Für Alexander Holt war dies natürlich eine ziemliche Umstellung. Er, der Stadtmensch, an Stress und Überstunden gewöhnt, hatte auf einmal mehr Zeit übrig als ihm im Moment lieb war. Für ihn gab es keinen Menschen, mit dem er seine Freizeit hätte teilen können. Vor etwas mehr als einem Jahr war seine Familie auseinandergebrochen, als Christine, seine geliebte Frau, starb.

Geblieben waren ihm seine beiden Töchter Natja und Tanja, für die er die Verantwortung trug und die ihn damals vor dem Schlimmsten bewahrt hatten. Nur für die beiden hatte er auch alle Brücken hinter sich abgebrochen, hatte seine gut gehende Praxis in Heidelberg aufgelöst und noch einmal ganz neu angefangen in Haselheide, sogar unter schärfstem Protest seiner fünfzehnjährigen Tochter Natja.

"Woran denkst du, Daddy?“

Alexander holte hörbar Luft. "Du sollst doch nicht..."

"... Daddy zu mir sagen", unterbrach ihn die Fünfzehnjährige lachend. "In Ordnung, Väterchen." Liebevoll stieß sie den kaum Vierzigjährigen in die Seite. "Du hast gar keinen Grund, dich zu beklagen. In meiner früheren Klasse in Heidelberg haben manche meiner Mitschüler noch ganz anders zu ihren

Eltern gesagt."

"Diese Namen sind mir auch nicht unbekannt", sagte Dr. Holt und pfiff nach Admiral, der sich irgendwo in das dichte Schilfgras zurückgezogen hatte. "Ich will solch eine Bezeichnung von dir jedoch nie hören, ganz abgesehen davon, dass ich noch sehr jung aussehe für mein Alter", fügte er schmunzelnd hinzu.

Natja wurde unvermittelt ernst. "Ich bin stolz auf meinen Vater", sagte sie und streichelte verstohlen den Arm des Arztes. "Alle in meiner Klasse beneiden mich um dich. Außerdem fühle ich mich wohl in Haselheide, auch wenn meine Freundin Merja mir im letzten Brief geschrieben hat, sie könne sich in einem Ort, wo sich Fuchs und Hase gute Nacht wünschen, nicht wohlfühlen."

Dr. Holt schmunzelte. Er fühlte sich zufrieden und fast ein wenig glücklich. Mit allem Möglichen hätte er gerechnet nur nicht damit, dass ausgerechnet Natja, seine größte Widersacherin beim Umzug aus Heidelberg nach Haselheide, sich einmal auf diese Weise äußern würde.

"Dann willst du also gar nicht mehr in die Stadt zurück?“,

Die Fünfzehnjährige schüttelte den Kopf. "Ich glaube nicht. Dort vorne kommt Claudia", lenkte sie hastig ab. "Ob sie schon Feierabend gemacht hat?“,

Der Arzt warf einen raschen Blick auf seine Armbanduhr. "Könnte möglich sein", antwortete er.

"Du magst sie wohl gern?“,

"Wir haben uns einige Male unterhalten", antwortete Natja ausweichend und winkte der Frau auf dem Fahrrad zu. "Hallo, Claudia! Wie geht es den kleinen Kätzchen?“,

Die hübsche junge Frau hielt ihr Rad an und stieg ab. Ihre Wangen waren gerötet und ihre Augen blitzten vor Lebensfreude. "Alle fünf sind wohlauf", antwortete sie etwas außer Atem. "Wenn du möchtest, Natja, kannst du sie jederzeit besuchen."

"Wirklich? Darf ich das?“, Natja nahm den Arm ihres Vaters und schaute strahlend zu ihm auf. "Gehst du auch mit, Daddy?“,

Dr. Holt schluckte die heftige Bemerkung hinunter, die sich ihm eben fast über die Lippen geschlichen hätte. Dann nickte er schmunzelnd. "Wenn Frau von Melhus nichts dagegen hat, werde ich gern die kleinen Kätzchen bewundern, von denen du mir schon so viel erzählt hast." Zwar war die Antwort für Natja bestimmt, doch das Lächeln um den Mund des sympathischen Arztes galt Claudia.

"Sie sind jederzeit auf unserem Gut willkommen, Herr Doktor", sagte Claudia leise und gab sein Lächeln zurück. "Ich würde mich freuen, wenn Sie wieder einmal zu uns kommen, vor allem, wenn Ihr Besuch nicht beruflicher Art ist. Meinem Vater geht es inzwischen Dank Ihrer Hilfe sehr gut." Sie lächelte und errötete ein wenig, als ihr der Doppelsinn ihrer Antwort auffiel.

Dr. Holt fühlte Freude in sich aufsteigen. Er versprach Claudia, bald einmal mit seinen Kindern die kleinen Kätzchen anzusehen, dann verabschiedeten sie sich voneinander. "Los, Admiral, wir haben heute noch eine ordentliche Strecke vor uns. Du hast in den letzten Wochen auch ganz schön zugelegt an Umfang. Die Bewegung wird uns allen gut tun, nicht wahr, meine Große?“, Er zwinkerte Natja zu.

"In Ordnung, Daddy." Lachend schob Natja den massigen Hund an seinem Hinterteil ein Stück voran. "Mach mal den Anfang, Admiral. Du bist doch der Vernünftigste von uns. Fang mich, Dicker!" Jubelnd rannte das Mädchen voraus, und der Hund trottete gutmütig hinterher.

Dr. Alexander Holt atmete tief ein. Sein Herz war erfüllt von Liebe zu seinen Kindern, zu dem zotteligen, massigen Hund, überhaupt zu allen und allem, was in Haselheide kräuchte und fleuchte. Er fühlte sich ganz einfach glücklich.

* * *

So verzweifelt und ratlos hatte sich Silvia Ehleiter noch nie in ihrem Leben gefühlt. Die letzten Tage waren an ihr vorübergerauscht wie ein böser Traum, der sich bald erfüllen würde. Einige Male hatte sie versucht, sich mit ihrer Mutter auszusprechen, doch stets hatte sie im letzten Augenblick der Mut wieder verlassen.

Dann, in der letzten Nacht, hatte Silvia zum ersten Mal die schwachen Bewegungen ihres ungeborenen Kindes gefühlt. Es war ein sanftes Pochen gewesen, so, als wollte das Kind nur einmal anfragen, ob es auch willkommen war in dieser Welt.

Zuerst hatte Silvia entsetzt in sich hineingehört, es gar nicht glauben können, was sie fühlte. Doch dann, als das Pochen eine ganze Weile anhielt, hatte sie die Tatsache akzeptieren müssen, dass sie bald Mutter sein würde, auch wenn man ihr noch nicht viel ansehen konnte.

Die Angst hatte ihr den Hals zugeschnürt, und für einige Minuten hatte sie sogar daran gedacht, sich einfach heimlich aus diesem Leben davonzustehlen. Doch dann hatte ihr Verstand gesiegt und ihr gesagt, dass dies etwas war, was schon vielen Mädchen vor ihr passiert war.

Sie hatte schließlich gewusst, dass etwas passieren konnte, wenn sie sich mit Christian einließ. Und doch war sie insgeheim überzeugt davon gewesen, dass solche Dinge immer nur den anderen passieren, doch nie einem selbst.

Jetzt musste sie wohl oder übel ans Gegenteil glauben. Die Bewegungen des Kindes waren inzwischen nicht mehr wegzuleugnen. Eine Entscheidung war jetzt fällig, und zwar so schnell wie möglich.

Und Silvia hatte diese Entscheidung in einer

langen, schlaflosen Nacht reiflich überlegt. Sie musste ihr Elternhaus verlassen, durfte Vater und Mutter diese Schande nicht antun. Eines Tages würde sie vielleicht zurückkehren mit ihrem Kind, doch das lag noch in weiter Ferne.

In der darauffolgenden Nacht stand Silvia wieder auf, nachdem im Haus endlich alles ruhig war. Schon vor einer Stunde waren die Eltern zu Bett gegangen, und auch Silvia hatte sich eine Weile hingelegt, um Kraft zu sammeln für das, was sie sich vorgenommen hatte. Jetzt war für das Mädchen die beste Gelegenheit gekommen, sein Vorhaben in die Tat umzusetzen.

Hastig schlüpfte Silvia in ihre Hose, die in der Taille schon etwas spannte, und zog den weiten Pullover darüber, denn nachts war es doch noch kühl. Aus der Nachttischschublade holte sie den Brief, den sie am Vorabend unter Tränen geschrieben hatte.

Sie faltete das Blatt Papier noch einmal auseinander und begann leise zu lesen:

"Liebe Eltern, wenn ihr diesen Brief bekommt, bin ich nicht mehr zuhause. Ich habe lange überlegt, ob meine Entscheidung richtig oder falsch ist. Ich bin zu keinem Schluss gekommen. Dennoch werde ich mein Glück versuchen und in der Stadt ein neues Leben anfangen. Das kleine Nest, in dem ich geboren bin, ist ganz einfach nicht geeignet für mich. Ich brauche Großstadtluft. Bitte sucht mich nicht, ich werde mich bei euch melden, sowie ich weiß, wie es für mich weitergehen wird. Verzeiht mir bitte. Ich hab euch lieb.

Silvia."

Die Siebzehnjährige ließ das Blatt sinken. Sie wusste, dass sie mit jedem einzelnen Wort die Herzen der Eltern brechen würde, denn es war alles gelogen Silvia war immer glücklich gewesen auf dem Land und vor allem beschützt von ihren Eltern, die sie sehr liebte. Doch jetzt konnten sie nicht mehr helfen, denn das, was sie getan hatte, passte nicht in ihre Vorstellung von einer intakten Familie.

Ein Schluchzen ließ ihren Körper beben. Doch sie fasste sich rasch wieder, steckte den Abschiedsbrief in den Umschlag und ging zum Schrank. Sie holte ihre vollgepackte Reisetasche und verließ ihr Zimmer.

Auf der Treppe achtete sie genau darauf, nur ja kein Geräusch zu verursachen. Das leise Knarren der Holzstufen bereitete ihr fast einen körperlichen Schmerz. Doch Silvia schaffte es, ungesehen das

Haus zu verlassen, nachdem sie ihren Brief dem Vater auf den Schreibtisch gelegt hatte.

Es war eine kühle Frühsommernacht, die Luft war feucht vom Regen am vergangenen Abend. Verlassen lag die Hauptstraße von Haselheide da, nur schwach erhellt von einigen müden Laternen, die ihr blassgelbes Licht auf den dunklen Asphalt warfen.

Silvia lief und lief, bis sie endlich die letzten Häuser hinter sich gelassen hatte. Hier draußen waren nur noch das Haus von Kapitän Störtebeker und das Arzthaus. Und genau das war ihr Ziel. Noch gut konnte sich das Mädchen an die große Scheune erinnern, die zum Grundstück des Arzthauses gehörte und in der sie früher immer Verstecken gespielt hatte mit ihren Freundinnen.

Heute sollte diese alte Scheune Silvias Zuflucht werden. Jedenfalls hoffte das Mädchen inständig, dass es wenigstens ein Dach über dem Kopf finden würde. Von früher wusste Silvia, dass nur ganz selten jemand in diese Scheune kam, in der nur ein altes Auto, Kisten und Kasten mit unnützen Dingen und einige alte Möbelstücke aufbewahrt wurden.

Das war genau das Richtige für jemanden, der für einige Zeit untertauchen wollte, jedoch nicht wusste, wohin er sich wenden sollte. So schwer es Silvia auch fiel, sie musste ihr hübsches, gemütlich eingerichtetes Zimmer mit dieser unwirtlichen Umgebung tauschen.

Die hohe Holztür knarrte leise, als Silvia sie

vorsichtig nach hinten aufschob. Sie erschrak, denn sie wusste, dass im Doktorhaus noch jemand wach war. Sie hatte den Lichtschein von einem der Zimmer gesehen.

Mit angehaltenem Atem stand sie da und lauschte. Doch nichts geschah. Da drückte sie die schwere Tür vollends auf und trat ein. Es war stockdunkel, ein muffiger Geruch schlug ihr entgegen und nahm ihr für einen Moment lang die Luft zum Atmen.

Silvia zögerte. Noch war es Zeit zum Umkehren. Die Eltern würden ihren Abschiedsbrief bestimmt nicht vor dem Morgen finden. So lange konnte sie es sich überlegen und zurückkehren. Für den Moment tat ihr jede kleine Hoffnung wohl, obwohl Silvia genau wusste, dass dieser Gedanke lediglich ein Trugschluss war und kaum als Trost taugte.

Angst schnürte ihr den Hals zu, doch Silvia ging tapfer weiter. Vorsichtshalber hatte sie eine Taschenlampe mitgebracht, damit sie sich in der Dunkelheit orientieren konnte. Die schaltete sie jetzt ein und betrachtete in dem kleinen Lichtkegel die unwirtliche Umgebung.

Von der hohen Decke hingen dicke Spinnweben herab, und auf den Möbeln und Kisten lag hoch der Staub der vergangenen Jahre. Im Lichtschein bewegten sich gespenstische Schatten, und in einer Ecke raschelte es leise. Sicher gab es in diesem alten Gemäuer auch Mäuse und andere Tiere.

Zum Glück fürchtete sich Silvia nicht vor diesem

Kleingetier. Sie mochte Mäuse gern, und auch Spinnen konnten sie nicht schrecken.

Die Müdigkeit wurde beinahe übermächtig in dem Mädchen. Silvias Beine waren mit einem Mal wie aus Blei und ihre Augenlider drohten zuzufallen. Sogar die Sehnsucht nach den Eltern und nach dem weichen Bett zuhause verlor an Intensität, gemessen an der Schwäche, die sich auf einmal in ihrem Körper breit machte.

Ein wenig ratlos blickte sich Silvia um. Dann entdeckte sie das alte eiserne Bett, das versteckt hinter all den Möbeln stand. Besonders einladend sah es zwar nicht aus, doch das Mädchen war nicht anspruchsvoll. Für die nächste Zeit würde es jedenfalls gehen, entschied die Siebzehnjährige.

Wie ein kleines Kätzchen rollte sich Silvia zusammen und deckte sich mit der langen dicken Strickjacke zu, die sie für alle Fälle mitgenommen hatte. Kaum fünf Minuten später war sie eingeschlafen. Für eine Weile durfte sie ihre Ängste und ihre Sorgen vergessen. Doch mit der Sonne am nächsten Morgen würde auch die Verzweiflung wiederkehren.

* * *

Eigentlich hatte Dr. Holt an diesem Morgen etwas anderes vorgehabt als ausgerechnet Michael von Melhus einen Besuch in seiner Eigenschaft als Arzt abzustatten. Als jedoch Claudias Anruf ihn schon in aller Frühe aus den Federn holte wusste er, dass Eile Not tat.

Der adlige Gutsbesitzer hatte wider Erwarten doch noch einmal einen Herzanfall, dieses Mal jedoch einen leichten, den der Arzt nach kurzer Zeit bereits im Griff hatte. Matt lag er in seinen blütenweißen Kissen und rang nach Luft. Doch die Farbe kehrte langsam wieder in seine eingefallenen Wangen zurück.

"Das war knapp, nicht wahr, Herr Doktor?“, fragte er, als es ihm schon wieder ein wenig besser erging. Auf seiner Stirne standen Schweißperlen, und in seinen hellen Augen spiegelte sich noch immer die Angst wider, die er während des Anfalls empfunden hatte.

"Nicht so knapp wie beim letzten Mal", antwortete Dr. Holt ehrlich. Er kannte Michael von Melhus inzwischen so gut, dass er wusste, wie schlecht er mit einer ausweichenden Ausrede bei dem Adligen ankam. "Doch ich würde Ihnen empfehlen, Herr von Melhus, dass Sie sich in eine Fachklinik begeben. Diese Erkrankung muss nicht das Todesurteil sein."

Michael von Melhus schüttelte den Kopf. "Was Sie sich nur denken, Herr Doktor. Ich muss auf dem Gut bleiben, solange ich lebe. Das war schon immer das Leitmotiv meiner Familie. Und ich werde es gewiss nicht brechen. Deshalb danke, dass Sie mich verstehen und mich mit dem Krankenhaus verschonen. Schließlich weiß ich selbst, was für mich gut ist."

Dr. Holt antwortete darauf nicht. Erneut legte er das Blutdruckmessgerät an und beobachtete die Werte. "Es wird zusehends besser", stellte er endlich zufrieden fest. "Anscheinend vertragen Sie die neuen Tabletten, die ich Ihnen verordnet habe, recht gut."

Der Gutsbesitzer schmunzelte und zwinkerte Claudia zu, die noch immer aufgeregt dabei stand und versuchte, Gelassenheit vorzuspielen. "Mir scheint, mit unserem neuen Doktor haben wir einen guten Fang gemacht. Was sagst du dazu, mein Mädchen?“,

Claudia errötete vor Verlegenheit. "Ich bin froh, dass du deinen Widerstand aufgegeben hast", antwortete sie ausweichend. "Doktor Pauling musste in Pension gehen, und er wollte es auch. Deshalb fand ich es von Anfang an albern, wie ihr Haselheider euch benommen habt."

"Jetzt sind die Anfangsschwierigkeiten zum Glück so ziemlich ausgestanden", versuchte Alexander abzulenken. "Ich kann mich nicht über mangelnde Patienten beklagen, wenngleich meine Praxis hier im Vergleich zu der in Heidelberg verschwindend klein ist. Dafür habe ich mehr Zeit, mich um meine Kinder und auch um meine Fortbildung zu kümmern."

"Ein positiver Aspekt, nicht wahr?“,

Dr. Holt antwortete nicht auf die Frage des Gutsbesitzers, die doch mehr eine Feststellung war.

"Haben Sie noch genügend von den Tabletten, die ich Ihnen aufgeschrieben habe?",

"Es sind nicht mehr viele da", antwortete Claudia an Stelle ihres Vaters. "Ich habe immer darauf geachtet, dass er sie regelmäßig nimmt. Das hat er früher nicht getan, weil niemand auf ihn aufgepasst hat, nicht wahr, Vati?", Die junge Frau strich ihm zärtlich über das noch immer dichte Haar.

Ein wenig verlegen nickte Michael von Melhus. Zwar liebte er seine Tochter von Herzen, und auch ihre liebevolle Zuwendung war ihm sehr angenehm. Doch er mochte es nicht gerade, Gefühle dieser Art vor Fremden zu demonstrieren. "Vielleicht wünscht der Herr Doktor etwas trinken", lenkte er hastig von sich ab und versuchte, sich im Bett aufzurichten. "Immerhin haben wir ihn schon in aller Frühe aus dem Bett geworfen."

Alexander lehnte dankend ab. "Ich werde heimfahren, wenn Sie mich nicht mehr brauchen. Herzblättchen...", er unterbrach sich verlegen, "Frau Blatt wartet bestimmt schon mit frischen Kaffee auf mich. Sie wird fuchsteufelswild, wenn ich sie mit ihrem stets sehr liebevoll zubereiteten Frühstück sitzen lasse Und meine Töchter wären sicher enttäuscht, wenn ich bereits gestärkt von einem Krankenbesuch heimkäme."

Michael von Melhus reichte Dr. Holt die Hand. "Es tut gut, Ihnen zuzuhören, Doktor. Sie strahlen sehr viel Lebensfreude aus und Nächstenliebe." Überaus freundlich bedankte er sich, dann ließ er seinen Oberkörper wieder in die Kissen zurücksinken. Offensichtlich war er erleichtert, dass er sich ausruhen konnte. Auf seinen eingefallenen Wangen lag eine zarte Röte, ein gutes Zeichen dafür, dass er sich wieder auf dem Weg der Besserung befand, stellte der Arzt zufrieden fest.

"Ich begleite Sie nach unten", entschied Claudia und reichte ihrem Vater den Klingelknopf, den sie vor einiger Zeit für den Notfall hatte installieren lassen. Überall im Haus war es nun hörbar, wenn der Gutsbesitzer Hilfe brauchte.

"Was halten Sie von dem Gesundheitszustand meines Vaters? Es sieht nicht gut aus, nicht wahr?“, Unsicher blickte Claudia den Arzt an.

Dr. Holt überlegte einen Moment lang, dann lächelte er aufmunternd. "Im Augenblick brauchen wir uns keine allzu großen Sorgen zu machen, Claudia. Ihrem Vater geht es besser als in jener Nacht, als ich ihn kennen lernte."

"Dann hat er das ganz allein Ihnen zu verdanken, Herr Doktor." Claudia war den Tränen nahe vor Freude. "Sie haben ihm die neuen Tabletten verordnet. Ich habe mich über das Präparat informiert. Es verspricht eine ganze Menge, und ein bisschen davon hat es auch schon gehalten. Auch die Nebenwirkungen sind nicht so erschreckend wie bei dem anderen Präparat, zudem hat mein Vater bis jetzt noch keine einzige davon bekommen."

"Ich freue mich sehr, Claudia, Sie so glücklich und gelöst sehen zu dürfen." Der Arzt legte eine Hand auf ihren Arm, eine beruhigende, freundschaftliche Geste, die die junge Frau voller Freude registrierte.

Und jetzt muss ich los, wenn ich nicht riskieren will, von meinem Dreimäderlhaus ordentlich den Kopf gewaschen zu bekommen." Der Arzt lachte leise, ohne dabei Claudia aus den Augen zu lassen. Dann verabschiedete er sich und stieg in sein Auto.

Claudia stand noch immer im Hof, als sie ihn längst nicht mehr sehen konnte. Ein verträumtes Lächeln umspielte ihren schönen Mund. Doch die Wirklichkeit holte sie rasch wieder ein. Mit gesenktem Kopf ging sie ins Haus zurück. Sie wusste ja, dass der kranke Vater sie sehnlich erwartete.

* * *

Corinna Ehleiter hatte in ihrem Leben schon viel gearbeitet. Dennoch war sie stets für ihre einzige Tochter die Bezugsperson gewesen, hatte in den ersten zehn Jahren ihrer Ehe auch noch fleißig hinzuverdient, indem sie für verschiedene Leute in der Umgebung die Wäsche wusch und bügelte, und heute verdiente sie ein Zubrot für den Haushalt mit Aushilfsarbeiten im Supermarkt. Dort musste sie Waren in die Regale räumen und leere Schachteln hinaustragen.

August Ehleiter war zwar einverstanden damit,

dass seine Frau etwas hinzuverdiente, doch mit der Art und Weise konnte er sich nicht anfreunden. Es gehörte sich einfach nicht für die Frau eines Gymnasiallehrers, dass sie Handlangerdienste in einem Warenhaus verrichtete. Deshalb war er auch verärgert darüber, dass Corinna eine zusätzliche Putzstelle bei einem Architekten im Nachbarort angenommen hatte.

An diesem Morgen erwachte Corinna ziemlich früh. Es war Samstag, und im Haus war es noch still. Nur ungern erinnerte sich die Frau, die im Aussehen ihren kaum vierundvierzig Jahren weit voraus war, an den gestrigen Abend. Eine heftige Diskussion hätte es wohl gegeben, wenn nicht sie, Corinna, todmüde ins Bett gefallen wäre und damit ihrem Mann allen Wind aus den Segeln genommen hätte.

Die Frau drehte ihren Kopf zur Seite, um August ansehen zu können. Auch er wirkte älter als er es den Jahren nach war. Fünfzig war er vor zwei Monaten geworden, doch in seinem mageren Gesicht waren Spuren von noch mehr Jahren zu lesen. Fast hätte man glauben können, er hätte einige Jahre davon doppelt gelebt. Er hatte die Augen noch immer geschlossen, doch die Lider zitterten ein bisschen, als würde er gleich aufwachen.

Corinna überlegte, ob sie ihn wecken sollte. Wie gern hätte sie sich in seinen Arm geschmiegt, seine Wärme gefühlt und den Duft seiner Haut eingeatmet. Noch sehr gut konnte sie sich an die ersten Jahre ihrer Ehe erinnern, als sie zusammen unsagbar glücklich gewesen waren, auch wenn das Geld hinten und vorne nicht gereicht hatte. Aber da war Zeit gewesen für ein bisschen Kuscheln, für lange Gespräche und für das vertraute Gefühl, das ihr viel wichtiger war als Geld und ein schönes Haus. Der bescheidene Wohlstand, zu dem sie es gebracht hatten, wog in der Wagschale des Lebens erheblich weniger als die gemeinsame glückliche Vergangenheit. Wie viel Zeit war inzwischen vergangen, und was war noch von dem schönen Gefühl geblieben, das damals ihre Gedanken beflügelt und ihre Seele zum Schwingen gebracht hatte?

Als sich August räusperte und langsam die Augen öffnete, erschrak die Frau zuerst. Würde er jetzt wieder anfangen zu schimpfen? Corinna war nicht gewillt, sich in ihre Entscheidung dreinreden zu lassen. Sie wusste, was sie tat, außerdem füllte der Haushalt ihr tägliches Einerlei schon lange nicht mehr aus.

"Du bist bereits wach? Wie lange denn? Warum hast du mich nicht geweckt?“ Der Mann gab ein grunzendes Geräusch von sich, dann streckte er sich herzhaft. Im nächsten Moment jedoch kehrte die Erinnerung an seinen Ärger von gestern zurück. Er hielt mitten in der Bewegung inne und starrte seine Frau vorwurfsvoll an.

"Was ist, August?“, Corinnas Stimme klang

unsicher, obwohl sie sich redlich bemühte, sich nichts von ihren zwiespältigen Gefühlen anmerken zu lassen.

"Du hast dir diesen Unsinn doch hoffentlich überlegt", sagte er unvermittelt. „Ich verdiene genügend für meine Familie. Du musst nicht hinzu verdienen. Wie sieht das bei den Nachbarn aus, wenn die Frau des Lehrers plötzlich arbeiten geht? Du bringst mich in Verruf, dass ich mich nirgends mehr blicken lassen kann.“ Jetzt war er hellwach. Der schöne Traum, den er eben noch hatte, verschwand auf nimmer Wiedersehen.

Die Frau richtete sich auf und nickte. "Schon lange habe ich es mir überlegt, genau gesagt seit drei Wochen. Damals kam diese Anzeige nämlich im Wochenblatt. Ich habe dort angerufen und auch gleich die Stelle bekommen. Doch das alles hab ich dir gestern bereits erzählt. Soll ich jetzt Frühstück machen gehen? Silvia hat sicher schon einen riesigen Hunger."

"Silvia wird noch eine Weile warten können. Und wenn nicht, dann kann sie auch einmal selbst für das Frühstück der Familie sorgen. Alt genug ist sie." Der Mann furchte verärgert die Stirne. "Du verwöhnst das Mädchen viel zu sehr. Wie soll da etwas Gescheites aus ihr werden? Kinder und Jugendliche brauchen Pflichten, damit sie sehen, dass das Leben kein Spaziergang ist sondern harte Arbeit. Lass Silvia Pflichten übernehmen im Haushalt, sonst kommt sie noch auf dumme Gedanken.“

Silvia ist gut in der Schule, ihr Abi ist sicher eines der besten in ihrer Klasse, und ihre Freizeit verbringt Silvia meistens zuhause, außer sie geht zu Christian. Und der mag Diskotheken auch nicht. Du siehst also, es kann nicht so falsch sein, was ich unserer Tochter beigebracht habe."

"Nur keine Vorschußlorbeeren", ereiferte sich der Lehrer. "Ich hab ja nichts gegen Christian, doch er ist älter als Silvia, und wer weiß, was die beiden so treiben, wenn sie stundenlang zusammen sind. Ich würde vorschlagen, du hast da mal ein waches Auge drauf, oder soll ich das tun?“ Er wurde immer wütender. „Ich muss gerade daran denken, welch einen Unsinn du dir jetzt wieder ausgedacht hast. Das kommt von der Langeweile, genau wie deine Tochter. Ich hoffe nur, sie ist gescheiter und standesbewusster als du. Du wirst doch nicht zu den Leuten zum Putzen hingehen?“, vergewisserte er sich vorsichtig. "Deren Tochter war bis vor einigen Jahren meine Schülerin. Wie sieht das denn aus? Ich verbiete es dir. "

"Natürlich werde ich dort arbeiten. Zuhause fällt mir die Decke auf den Kopf, ich hab kaum Ansprache, und außerdem mag ich Frau Weber sehr gern. Wenn wir uns begegnen, können wir uns sehr gut unterhalten", ereiferte sich Corinna. "Ich freue mich sogar auf die Arbeit. Frau Weber ist seit ihrem Unfall noch ziemlich behindert. Was schadet es da, wenn ich jeden Tag ein paar Stunden bei ihr verbringe, während ihr beiden in der Schule seid. Es würde euch doch gar nicht auffallen, denn bis mittags wäre ich wieder zurück."

„Nur über meine Leiche", zitierte er pathetisch.

„Gut, wenn du es nicht anders willst, dann eben so." Corinna konnte sich ein Lachen kaum verkneifen. Wenn ihr Mann anfing, so zu reden, dann konnte sie ihn einfach nicht mehr für ernst nehmen."

„Gut, dann weiß ich, was ich dir wert bin. Dann können wir uns ja gleich scheiden lassen. Wenn du meinen Ruf auf diese Weise ruinierst, kommt es darauf auch nicht mehr an."

Corinna versuchte, ernst zu bleiben. Sie lehnte sich zu ihm hinüber und begann, sein Gesicht zu streicheln, wie sie das früher immer getan hatte. Damals hatte es sofort gewirkt, heute hatte es nicht den Anschein danach. „Lass mich Frau Weber helfen. Wenn sie wieder gesund ist, kann ich die Arbeit ja wieder aufgeben. Doch jetzt stehe ich ihr bei, und da ihr Mann in Hamburg eine sehr gut bezahlte leitende Position bei irgend so einer Firma hat, kann sie es sich leisten, gut zu bezahlen. Es muss ja niemand erfahren. Immerhin könnte es auch ein Freundschaftsdienst sein, was es ja eigentlich auch ist. Ich habe längst alles fest ausgemacht. Und da du es offensichtlich darauf anlegst, mich zu verärgern, werde ich jetzt aufstehen und mit meiner Arbeit anfangen, ehe wir uns noch richtig in die Wolle kriegen. Dazu hab ich nämlich keine Lust." Die junge Frau bis sich auf die Lippen. Sie war es nicht gewöhnt, ihrem Mann so massiv Kontra zu geben.

Offensichtlich war August darüber etwas verwundert. Er vergaß sogar die heftige Erwiderung, die ihm eben noch auf den Lippen gelegen hatte. Schweigend beobachtete er seine Frau, wie sie sich anzog, bewunderte ihren noch immer schlanken, geschmeidigen Körper und fragte sich zum ersten Mal ernsthaft, was er ihr in den vergangenen Jahren eigentlich sonst noch hatte bieten können außer Arbeit und ein schönes teures Dach über dem Kopf.

Diese Gedanken gefielen dem Fünfzigjährigen überhaupt nicht. Deshalb verwarf er sie auch gleich wieder und versuchte, sich auf seinen Ärger zu konzentrieren. Das war ihm weitaus angenehmer, denn das übte er jeden Tag bei seinen Schülern und konnte deshalb auch ausgezeichnet damit umgehen.

"Was sagt denn Silvia zu deinem Entschluss?“

Corinna wandte sich zu ihrem Mann um, der noch immer im Bett lag. "Silvia?“, wiederholte sie, um Zeit zu gewinnen. Sollte sie ihm die Wahrheit sagen? Das würde bestimmt nicht besonders gut für die Tochter ausgehen. Und wenn sie ihn anlog, dann würde er sich nur in seiner Ablehnung bestätigt fühlen.

"Silvia hat sicher nichts dagegen. Wenn du möchtest, werde ich sie nachher fragen. Willst du Kaffee zum Frühstück oder lieber Tee?“ Sie nahm die Bürste und ging zur Kommode. Das Gesicht, das ihr entgegenblickte, war ernst und wirkte früh gealtert, obwohl es noch immer sehr apart aussah. Ein wenig mehr Pflege, etwas Make up und Lidschatten, und sie konnte sich noch immer sehen lassen. Allem Anschein nach waren ihr die zwanzig Jahre Ehe nicht so gut bekommen wie sie zu Beginn ihrer Beziehung geglaubt hatte. In den letzten Jahren hatten sie sich auseinandergelebt, obwohl beide krampfhaft versucht hatten, etwas festzuhalten. Nur hatten sie sich das nicht eingestehen wollen.

"Ich werde rasch Silvia wecken", entschied Corinna und wandte sich hastig von ihrem Spiegelbild ab. "Hoffentlich hast du nachher beim Frühstück bessere Laune." Sie öffnete die Zimmertür und trat nach draußen.

Angenehme Kühle empfing Corinna, als sie das Schlafzimmer verließ. Sie blieb einen Augenblick lang stehen und starrte selbstvergessen ins Leere. Es schien fast, als wollte sie einen unangenehmen Gedanken, eine Erinnerung abschütteln.

Was war nur geschehen mit ihr? Liebte sie August denn nicht mehr? War er ihr in all den Jahren so fremd geworden, dass sie nicht einmal mehr richtig reden konnte mit ihm? Insgeheim musste sie sich eingestehen, dass ihre Gefühle für ihn noch immer die gleichen waren. Doch seine gewachsene Selbstherrlichkeit und Selbstgefälligkeit waren manchmal unerträglich und schürten ihre

Aggressionen. Dennoch merkte sie ganz deutlich, wie weh ihr die Auseinandersetzung von eben noch immer tat.

Nach einem kurzen Augenblick der Besinnung setzte die Frau ihren Weg fort. Sie klopfte an Silvias Zimmertür, dann öffnete sie sie.

"Silvia, ich wollte dich fragen, ob du mit uns frühstücken möchtest. Ich weiß ja, dass es gestern spät geworden ist bei deiner Freundin." Erschrocken blieb sie stehen. Das Zimmer war leer. Silvias Bett sah zwar benützt aus, doch es hatte nicht den Anschein, als hätte sie die ganze Nacht darin verbracht. Überhaupt wirkte dieser Raum heute ganz anders als sonst, so... leer und feindlich.

Überhaupt war an diesem Morgen alles anders. Das hatte sie schon beim Aufwachen gemerkt. Und jetzt hatte sie die Bestätigung dafür, dass ihre Empfindungen sie nicht getäuscht hatten. Ihr untrügliches Gespür für drohende unangenehme Ereignisse war mit den Jahren immer besser geworden. Doch was brachte es ihr? Ob sie irgendwo im Haus war? Nein, es fühlte sich anders an, ganz anders, so anders, dass sie die Angst über den Rücken kriechen spürte.

Furcht vor dem, was kommen würde, schnürte ihr die Kehle zu. Wo steckte Silvia bloß? Ihr Blick fiel auf den zierlichen Schreibtisch, der ganz gegen die sonstige Gewohnheit ihrer Tochter fein säuberlich aufgeräumt war.

Sie entdeckte den Brief, der ganz offensichtlich so hingelegt worden war, dass er sofort ins Auge stechen musste. Mit zitternden Händen nahm sie den Umschlag und öffnete ihn. Hastig überflog sie die Zeilen, die zwar alles erklärten, die die Mutter jedoch so in Entsetzen stürzten, dass ihr Tränen in die Augen schossen.

"August! Ich werde wahnsinnig, August." Ihre Stimme war so leise, dass ihr Mann sie mit Sicherheit gar nicht hören konnte. Wie in Trance verließ sie Silvias Zimmer, ohne den Blick von dem Brief zu wenden.

Sie betrat das Schlafzimmer und schien völlig verwirrt zu sein. "Sieh dir das an, August." Sie gab ihrem Mann den Brief. "Ich verstehe nicht, was das zu bedeuten hat. Der Brief ist von – Silvia."

August nahm den Brief ziemlich verständnislos entgegen. "Was ist mit unserer Tochter? Seit wann verkehren wir schriftlich miteinander", fragte er ärgerlich und furchte die Stirne.

"Lies."

Kopfschüttelnd faltete er das Blatt auseinander, nachdem er sich in seinem Bett aufgesetzt hatte. Eine ganze Zeitlang starrte er auf den Brief, der auffallend heftig in seiner Hand zitterte. Endlich schaffte er es, laut vorzulesen, denn sonst hätte er nicht geglaubt, was da stand.

"Liebe Eltern, bitte nicht böse sein, wenn ich euch schreibe, anstatt mit euch zu reden. Ich hab euch

beide sehr lieb, aber ich kann nicht mehr mit euch und auch nicht mehr in dieser spießigen Kleinstadt leben. Ich muss weg hier, mir mein eigenes Leben aufbauen. Danke, dass ich euer Kind sein durfte. Bitte sucht mich nicht und – Papa – hetz mir nicht die Polizei auf den Hals. Das würde ich euch nie verzeihen. Ich melde mich irgendwann wieder, wenn ich weiß, wie es weitergehen soll. Vergesst nicht, ich hab euch von Herzen lieb. Aber ich kann nicht anders.“ Er ließ das Blatt sinken. Sein Gesicht war totenblass und um seinen Mund zuckte es. Er sah aus, als würde er gleich vor Zorn explodieren.

„So ein Unsinn. Das ist doch absoluter Blödsinn", sagte er leise vor sich hin, während er nach einer Weile das Papier sinken ließ. "Was bezweckt Silvia damit? Will sie uns Angst machen? Das wird nicht klappen. Wo steckt sie überhaupt? Ich will sofort mit ihr reden."

Entsetzt hielt sich Corinna die Hand vor den Mund. "Hast du denn nichts begriffen?“, fragte sie mit bebender Stimme. "Silvia hat uns verlassen. Sie ist davongelaufen. Wir dürfen nicht einmal nach ihr suchen."

"Wer verbietet uns das? Noch ist sie nicht volljährig, und ich hab alle Rechte, das zu tun, was ich gut finde. Ich will nicht, dass sie unter die Räder kommt. Sie ist doch noch so unerfahren. Sofort sagst du mir, wo sie ist“, fuhr August seine Frau zornig an.

"Du weißt genau, dass wir uns ihren Wünschen

nicht mehr widersetzen können. In ein paar Wochen wird sie achtzehn, dann haben wir ohnehin keinerlei Rechte mehr. Ich weiß nicht, wo sie steckt. Zum ersten Mal hat sie mich nicht eingeweiht in ihre Entscheidung. Es muss etwas schwer Wiegendes geschehen sein, dass sie mich aus ihrem Leben ausgeschlossen hat. Ich verstehe es nicht." Betroffenheit schwang in jedem von Corinnas Worten mit. Ihre braunen Haare hingen in weichen Wellen über ihre schmalen Schultern, und sie sah fast aus wie ein junges Mädchen. Nur mit Mühe konnte sie die Tränen zurückhalten, doch sie wusste, dass sie ihren Mann damit nur noch mehr gereizt hätte.

"Ist das Gör denn verrückt geworden?" Augusts Gesicht rötete sich vor Zorn. "Wie stellt sie sich das überhaupt vor? Wovon will sie leben? Wenn Silvia glaubt, ich würde ihr auch nur einen Pfennig zukommen lassen, dann hat sie sich geirrt. Sie fühlt sich alt genug, um ihren Aufenthaltsort selbst zu bestimmen, also ist sie auch alt genug, um für ihren Lebensunterhalt aufzukommen."

"Sprich doch nicht so, August. Du kannst ihr gar kein Geld geben, solange sie sich nicht bei uns meldet. Verstehst du denn nicht? Sie will dein Geld gar nicht. Sie ist einfach gegangen." Corinna konnte sich kaum mehr beherrschen. Die Angst um die Tochter, die Verzweiflung wegen dieser unverständlichen Entscheidung und vor allem das Unverständnis ihres Mannes, der nicht zu kapieren schien, dass Silvia ihm alle Fäden aus der Hand genommen hatte, machten sie schier wahnsinnig.

"Ich habe nicht vor, das Lasterleben meiner Tochter zu finanzieren“, fuhr er fort, ohne sich um Corinna zu kümmern. „Sie wird schon noch sehen, was es bedeutet, seinen Vater so zu beschämen. Was werden die Leute sagen, wenn sie es erfahren?", fuhr der Mann heftig fort und rannte wie ein wilder Löwe im Schlafzimmer auf und ab.

"Das einzige, das dich interessiert, ist die Meinung der Leute. Schämst du dich nicht? Silvia ist deine Tochter, und es muss etwas passiert sein, dass sie nicht mehr bei uns bleiben kann. Du hast doch in der Schule eher die Möglichkeit, zu sehen, wie es ihr geht. Ist dir oder deinen Kollegen nichts aufgefallen, das uns weiterbringen könnte? Bitte, August, denk nach. Ich hab so entsetzliche Angst, dass Silvia sich etwas antut. Sie war in der letzten Zeit so still und manchmal geistesabwesend. Ich dachte, das hängt mit Christian zusammen, dass es zwischen den beiden vielleicht nicht mehr so gut funktioniert. Weißt du da was?“ Eine winzige Hoffnung stieg in ihr auf.

Der Lehrer schüttelte den Kopf. Sein Blick war leer und irgendwie in die Ferne gerichtet. „Das hätte sie mir nicht antun dürfen“, murmelte er immer wieder vor sich hin. „Das wird sie noch bereuen. Wenn sie nicht bis zum Abend wieder zuhause ist, kann sie sich eine andere Bleibe suchen. Dann will ich sie hier nicht mehr sehen.“ Seine Stimme klang bestimmt, doch wesentlich leiser und schwächer als vorhin.

„Du verstehst es einfach nicht. Sie will nichts von dir, August, kapier doch endlich. Oder hast du in dem Brief irgendetwas von Forderungen gelesen? Hast du Silvias Erklärung denn nicht verstanden? Sie will nicht mehr bei uns leben, das ist alles. Womöglich konnte sie unsere ewigen Streitereien nicht mehr ertragen." Corinna bebte am ganzen Körper, doch sie ließ sich ihre Aufregung nicht anmerken. „Ich will mein Kind wieder haben. Silvia ist in Not, das spüre ich. Wir müssen sie finden.“

"Du spinnst, Corinna“, konterte er respektlos und bereute im nächsten Moment seine harten Worte. „Wo willst du anfangen zu suchen? Wir haben doch gar keine Anhaltspunkte. Hat sie denn keine Freundin oder so?“ Zweifelnd blickte der Lehrer seine Frau an. "Bis jetzt war ich immer der Meinung, wir hätten eine ganz normale, durchschnittliche Ehe. Und nun kommst du mit solchen Argumenten daher, wir hätten unsere Tochter mit unserer harmlosen Auseinandersetzungen aus dem Haus getrieben. Haben wir nicht alles für das Kind getan? Sogar einen eigenen Fernseher hat sie in ihrem Zimmer und einen DVD-Player, und ein schönes Taschengeld bekommt sie auch, mit dem sie sich all die Klamotten kaufen kann, die sie sich wünscht. Was will sie denn noch mehr?“

"Sie will glückliche Eltern, kannst du das denn

nicht verstehen? Silvia hat bestimmt unter unserer Ehe gelitten. Wir haben nicht geschafft, vor ihr zu verbergen, dass wir uns ganz einfach auseinandergelebt haben."

Unglücklich trat Corinna ans Fenster und starrte nach draußen, ohne überhaupt etwas wahr zu nehmen. Die letzten Jahre zogen wie schweigende Farcen an ihr vorbei, zu denen sie keinen Zugang mehr hatte. Nicht einmal irgendwelche Gefühle lösten sie aus, nur dieses Gefühl der Ohnmacht, das sie immer wieder dann überfiel, wenn August von Geld und von seinem guten Ruf in der Schule und im Ort berichtete.

Ständig lebte er in der Angst, jemand könne seine Autorität untergraben oder ihn nicht wert fühlen, die Jugend zu unterrichten. Dabei gab er alles, was er hatte. Nur war das zum Teil nicht das, was Kinder brauchen, nämlich Liebe und Verständnis. Genau das fehlte Silvia ebenfalls. Ständig war sie unter Leistungsdruck, sowohl in der Schule als auch in ihrer Freizeit, wenn der Vater zuhause war. Vorbild sollte sie sein, nicht einfach nur die Tochter des Lehrers. Niemand hatte bemerkt, dass sie damit ganz einfach überfordert war. Sie hatte es sich nie anmerken lassen und sich das, was sie zuhause nicht bekam, bei Christian geholt. Doch darüber hatten die Eltern nie nachgedacht.

"Ich befürchte, wir haben ihr das Leben ganz einfach zu schön und zu gemütlich gemacht. Sie musste ja glauben, dass es keine Schattenseiten gibt und dass es eigentlich ohne uns nur noch besser werden kann, was sie ja auch im Fernsehen in diesen Jugendserien immer wieder bestätigt sieht. Sie wird schon noch sehen, was sie davon hat." Die Gedanken des Lehrers gingen in eine ganz andere Richtung als die seiner Frau. Er fühlte sich betrogen von der eigenen Tochter, missverstanden von der Ehefrau. Das machte ihn zornig und ratlos zugleich.

"Du hast gar nichts verstanden, deshalb muss ich auch nicht weiterreden. Ich will nur mein Kind wiederhaben, sonst nichts. Denk, was du willst, und gib mir oder Silvia die Schuld. Was soll es... Hauptsache ich bekomme meine Tochter wieder.“ Sie schaute ihn mit tränenverschleiertem Blick an. „Was sollen wir nur tun, August? Ich kann es nicht ertragen, Silvia irgendwo ziellos in der Stadt herumlaufen zu wissen, zu fürchten, dass sie womöglich unter die Räder kommt. Unser Kind ist die Großstadt doch gar nicht gewöhnt."

"Du willst sie suchen? Ich dachte, sie will das nicht.“

Corinna zuckte die Schultern. "Weißt du etwas anderes? Ich halte es nicht aus, einfach hier sitzen zu müssen, ohne etwas tun zu können. Ich will sie ja nicht zwingen, wieder bei uns zu leben, nur kann ich nicht ertragen, nicht zu wissen, wo sie steckt und wie es ihr geht. Wir müssen etwas unternehmen, sonst werde ich noch verrückt. Die Polizei wird uns ganz bestimmt nicht helfen." Sie stürmte zum Kleiderschrank, riss ihre Reisetasche heraus und begann, ein paar Sachen hineinzustopfen.

Sofort war der Lehrer aus dem Bett. "Hör auf, Corinna." Er packte seine Frau an den Schultern. "Das ist Unsinn, was du vorhast. Du weißt doch nicht einmal, wo du suchen sollst. Es wird das Beste sein, wenn wir die Polizei einschalten, egal, was draus wird. Wir können doch nicht einfach so weiterleben, als sei nichts geschehen.

"Das dürfen wir doch nicht", schluchzte die Frau. "Silvia hat es uns verboten."

"Dann lass den Unsinn sein. Ohne professionelle Hilfe wird uns nichts anderes übrig bleiben als abzuwarten, zumindest eine zeitlang", schränkte er ein.

"Glaubst du wirklich?“, Unglücklich legte sie ihren Kopf an seine Schulter. Sie fühlte plötzlich eine unerträgliche Schwäche in ihrem Körper, der sogar ihr Denken lähmte. "Glaubst du, dass sie eines Tages zu uns zurückkehren wird? Wenn Silvia etwas geschieht, dann will ich ebenfalls nicht mehr leben. Kannst du das verstehen?“,

Der Mann nickte vor sich hin. Auch er kämpfte mit den Tränen. "Haben wir denn so viel falsch gemacht?“, fragte er leise, aus seinen Gedanken heraus. "Vielleicht hätten wir uns mehr um sie kümmern müssen."

"August", Corinna legte beide Handflächen an

seine Wangen, "mit Sicherheit haben wir eine ganze Menge falsch gemacht. Und doch meine ich, dass es auf dieser ganzen Welt kein Elternpaar gibt, das alles richtig macht. So etwas geht gar nicht. Wichtig ist, dass wir es einsehen und besser machen, wenn wir sie zurück haben."

"Woher nimmst du auf einmal die Kraft, Corinna? Vorhin noch hab ich mir ernstlich Sorgen um dich gemacht, weil du so panisch warst. Ja, ich beneide dich um diese Stärke. Du bist tatkräftig, willst gleich losstürmen, um unsere Tochter zu suchen, und ich, ich stehe da und weiß mir keinen Rat mehr."

"Ich weiß auch nicht mehr weiter. Deshalb tun wir so, wie du vorgeschlagen hast. Lass uns ganz einfach abwarten. Das ist in dieser Situation das Beste." Sie versuchte, weiterhin ruhig zu sein, denn sie sah ein, dass es nichts brachte, wenn sie einfach in die Stadt fuhr, um die Tochter da zu suchen.

"Lass uns wenigstens für ein paar Tage noch warten. Vielleicht wird Silvia vernünftig und kommt zurück. Ich verspreche auch, dass ich ihr keine Vorwürfe machen werde", fügte August leise, nachdenklich hinzu. "Und dann wollen wir noch einmal über alles reden und vielleicht einen neuen Entschluss fassen. Einverstanden?“

"Einverstanden", antwortete Corinna. "Und wie begründen wir, dass Silvia nicht mehr in die Schule geht? Vermutlich wird es das Beste sein, wir versuchen erstmal, zu vertuschen, dass sie uns weggelaufen ist. Das sind wir schon allein deinem sehr guten Ruf als Lehrer schuldig. Außerdem macht es ihr die Rückkehr leichter, wenn niemand etwas weiß.“

"Das lass nur meine Sorge sein. Ich werde unsere Tochter fürs erste krank melden. Sie kann eine starke Grippe bekommen haben. In meiner Klasse fehlen bereits zwei Schüler, da ist diese Erklärung durchaus glaubhaft."

Corinna nahm August an der Hand und zog ihn zum Sofa. "Mir ist der Appetit auf ein Frühstück vergangen", sagte sie bedrückt. Offensichtlich fiel es ihr sehr schwer, sich zu beherrschen.

"Mir ebenfalls", gestand August und setzte sich auf die äußerste Ecke, als sei er hier nur zu Besuch. "Auch für weitere Unternehmungen habe ich heute nicht die richtige Stimmung. Lass uns noch eine Weile hinlegen und über alles reden."

"Silvia hätte uns dringend gebraucht. Ich kenne sie gut genug, um nicht zu spüren, dass sie nicht einfach so weggegangen ist. Irgendein Problem hat ihr so schwer zu schaffen gemacht, dass sie nur noch diesen einen Weg gesehen hat. Sie war in der letzten Zeit auch sehr seltsam, so still und in sich gekehrt, und manchmal hatte ich den Eindruck, sie hat Angst." Corinna brach erneut in Tränen aus und schmiegte sich an ihren Mann. In diesem Moment fühlte sie sich ihm so nahe wie schon lange nicht mehr. Sie barg ihr Gesicht an seiner Brust. Trotz aller Ängste und Verzweiflung merkte sie, wie ein leises Gefühl der Dankbarkeit in ihr aufstieg, als sie die Hand ihres Mannes an ihrer Wange fühlte.

* * *

Mit hochrotem Gesicht stand Ingeborg Blatt am Herd und rührte selbstvergessen in dem großen Topf mit Gulasch. Ein ganz außergewöhnliches Mittagessen wollte sie heute zaubernd mit einer traumhaften Vorspeise aus geschlagenem und gebackenem Eiweiß und Früchten, die sie selbst erfunden hatte, mit selbst gemachten Nudeln und einer schmackhaften Fischsuppe nach norddeutschem Rezept, das sie von Kapitän Störtebeker einmal im Austausch gegen das Rezept ihres berühmten Apfelkuchens bekommen hatte.

Der Haushälterin machte die Arbeit soviel Freude wie schon sehr lange nicht mehr. Ihr neuer Arbeitgeber und seine Kinder waren ihr in den letzten Wochen so sehr ans Herz gewachsen wie eine eigene Familie. Sie konnte sich gar nicht mehr vorstellen, wie es früher einmal gewesen war.

Dr. Holt war stets freundlich, hilfsbereit und sehr verständnisvoll. Die Patienten mehrten sich, die in seine Praxis kamen, und auch seine Beliebtheit in Haselheide wuchs mit jedem Tag.

Stöhnend wischte sich Ingeborg über die schweißnasse Stirne. Sie fürchtete schon, dass sie sich für das Mittagessen doch zuviel vorgenommen hatte, zumal die Sommerhitze jetzt anfing zu stören. Und doch konnte sie es gar nicht mehr erwarten, bis sie die begeisterten Bemerkungen von Vater und Töchtern zu hören bekam, die allesamt ihre gute Küche zu schätzen wussten.

Als es leise an die Küchentür klopfte, fuhr Ingeborg erschrocken herum. "Ja bitte?“, fragte sie und wischte sich die Hände an ihrer bunten Schürze ab. "Wer ist denn da?“, Es war nicht üblich, nur einfach anzuklopfen und dann nicht einzutreten. Sie wartete eine ganze Weile, bis endlich vorsichtig die Türklinke heruntergedrückt wurde.

"Silvia, du?“, stellte Ingeborg erschrocken fest. "Himmel, Mädchen, wie siehst du denn aus? Man könnte fast meinen, du hättest die letzte Nacht im Heu verbracht."

Die Siebzehnjährige brach plötzlich in Tränen aus. "Hab ich ja auch", schluchzte sie. "Seit fast einer Woche wohne ich schon in eurer Scheune hinter dem Haus. Zum Glück hat noch niemand etwas von meiner Anwesenheit gemerkt."

"Jetzt verstehe ich erst." Die Haushälterin fasste sich an die Stirne. "Natürlich. Du bist ja nicht mehr zur Schule gegangen. Natja hat erzählt, dass deine Eltern dich krank gemeldet hätten. Unser Doktor jedoch hat dich nicht ein einziges Mal zu Gesicht bekommen."

"Ich bin aber krank", beharrte das Mädchen.

"Dann sag mir, was los ist, Kind. Lass dir helfen. Der Doktor wird sicher gleich Zeit haben für dich. Warum nur bist du nicht früher gekommen. Warum haben sich deine Eltern nicht gekümmert?" Ingeborg brach ab. Ein seltsamer Gedanke ging ihr plötzlich durch den Kopf. "Warum sagst du, dass du in der Scheune nächtigst? Das passt doch gar nicht zusammen."

"Tut es auch nicht."

"Was hat das alles zu bedeuten?“, Die ältere Frau ging ein paar Schritte auf das Mädchen zu. Es schien, als hätte Ingeborg Angst, dass Silvia genauso unauffällig wieder verschwinden würde wie sie gekommen war.

"Ich hab Hunger", gestand das Mädchen kläglich. "Ich hab solch einen entsetzlichen Hunger, dass mir alles egal ist. Wenn ich von Ihnen nichts zu essen bekomme, werde ich irgendwo hingehen und mir einfach etwas klauen. Außerdem kann ich es mir gar nicht leisten, nichts zu essen, selbst wenn ich es wollte."

"Setz dich hin, Silvia." Ingeborg fasste die Verzweifelte am Arm und führte sie zu einem Stuhl. "Und jetzt erzählst du mir die ganze Geschichte von vorne, während ich dir etwas zu essen richte."

Das Mädchen schlug die Hände vors Gesicht. "Ich kann nichts sagen", schluchzte es. "Ich kann selbst noch nicht fassen, was alles passiert ist. Und das ausgerechnet mir. Was wird mein Vater dazu sagen, wenn er alles erfährt? Ich musste ganz einfach davonlaufen. Es war die einzige Lösung. Er hätte mich ohnehin hinausgeworfen, denn mit solch einer Schande kann ein Mann wie Papi nicht leben."

"Nun rede endlich, Silvia, damit ich weiß, was überhaupt los ist." Die Haushälterin bekam es mit der Angst zu tun. Sie merkte, dass etwas Schwerwiegendes vorliegen musste und überlegte fieberhaft, mit welcher Begründung sie Dr. Holt zu dieser Unterhaltung hinzuziehen konnte.

"Ich bekomme ein Kind."

"Was sagst du da? Du bist doch selbst noch ein Kind." Frau Blatt hatte plötzlich das Gefühl, etwas Falsches getan zu haben. "Wer ist denn der Vater?", fuhr sie rasch fort, um dem Mädchen keine Zeit zum Überlegen zu geben.

"Christian. Christian Scholpp." Silvia wischte sich das Gesicht ab.

"Weiß er es?",

Das Mädchen schüttelte den Kopf. "Ich hab versucht, es ihm zu erzählen, doch es hat nicht geklappt. Noch ehe ich überhaupt etwas sagen konnte versicherte Christian mir, dass er es als Erpressungsversuch auffassen würde, wenn ich ihn mit einem Kind überrasche. Es hat alles keinen Sinn mehr." Sie begann wieder zu weinen.

Die ältere Frau reichte ihr ein Taschentuch. "Beruhige dich doch, Silvia. Wenn es wahr ist, dass du ein Kind erwartest, dann solltest du darauf ein wenig Rücksicht nehmen und dich nicht unnötig aufregen."

"Unnötig?“ Das Mädchen lachte freudlos. "Früher habe ich immer gedacht, so etwas passiert nur den anderen. Und jetzt ist es mir passiert. Kann es nicht sein, Frau Blatt", sie blickte die Haushälterin hilfesuchend an, "dass ich irgendwann einmal aufwache und alles war nur ein böser Traum?“,

"Wie gern würde ich dir diese Hoffnung lassen, Kind", antwortete die Angesprochene mitleidig. "Doch nach allem, was du mir erzählt hast, und wenn ich dich ansehe muss ich erkennen, dass es bestimmt den Tatsachen entspricht. Du bekommst ein Kind. Sag, Silvia, trotz aller Sorge, aller Aufregungen, freust du dich auch ein bisschen, oder glaubst du, dass du dieses Kind niemals wirst lieben können?“,

"Ich würde es jetzt schon lieben", gestand das Mädchen unter Tränen, "wenn ich nicht solch eine Angst vor der Zukunft hätte. Was werden meine Eltern dazu sagen? Sie werden mich verdammen bis in die Ewigkeit", gab sie sich selbst die Antwort.

"Redest du jetzt nicht Unsinn, Silvia? Deine Eltern werden zu dir stehen, dessen bin ich mir ganz sicher. Du musst ihnen nur eine Chance dazu geben." Ingeborg hatte in aller Eile einige Brote gestrichen und dick mit Wurst belegt. In eine Warmhaltekanne hatte sie frischen Tee eingefüllt.

"Danke, Frau Blatt. Ich werde Ihnen das nie vergessen." Silvia erhob sich. "Ich muss wieder zurück in die Scheune. Wenn mich jemand hier erwischt, dann kann ich es vergessen. Ich will nicht ins Heim, so wie mein Vater schon einige Male angedeutet hat."

"Was hat er angedeutet?“,

"Er sagte, wenn ich mich nicht so verhalte wie es richtig ist, dann steckt er mich in ein Heim für schwer erziehbare Mädchen."

"So ein Unsinn. Ganz bestimmt hat er das nicht ernst gemeint. Außerdem bist du bald achtzehn, dann darf er darüber gar nicht mehr entscheiden", versuchte die Frau, Silvia zu beruhigen. "Geh nach Hause, Mädchen, und lass dir helfen. Versuche, dich auf dein Kind zu freuen und ihm einen guten Start zu ermöglichen. Dein Freund muss es wissen, dass er Vater wird, und vielleicht ist die Freude bei allen größer als du ahnst. Gib ihnen die Chance, zu dir, zu euch beiden zu stehen."

"Ich kann nicht." Sehnsüchtig schaute Silvia zu dem Proviant, den Frau Blatt ihr gerichtet hatte. „Ich kenne meinen Vater. Er hätte sicher nur Angst um seinen guten Ruf. Immerhin predigt er immer, dass jeder selbst verantwortlich ist für sein Schicksal. Und irgendwie hat er ja auch Recht. Ich hätte nicht mit Christian...“

"Wie steht es überhaupt mit der medizinischen Versorgung? Du brauchst doch Untersuchungen, Kind, eine Überwachung, damit euch beiden nichts passiert. Hast du daran schon einmal gedacht?“

Natürlich kam sofort Frau Blatts praktische Seite wieder zum Vorschein.

"Daran gedacht hab ich schon, aber mir ist keine Lösung eingefallen. Ich weiß nicht, zu wem ich gehen soll."

"Wie wäre es mit Doktor Holt?“, schlug die Haushälterin schmunzelnd vor.

Silvia schüttelte heftig den Kopf. "Nicht Doktor Holt. Wenn ich zu einem Arzt gehe, dann zu jemanden in der Stadt, den ich nicht kenne."

"Es wird immer komplizierter." Die Frau schüttelte den Kopf. "Ich kann dich ja verstehen, Silvia, und doch kann ich dein Tun nicht gut heißen. Du gehst ein großes Risiko ein, handelst verantwortungslos. Dein Kind hat ein Recht darauf, dass alles für einen gesunden Körper getan wird. Du musst dich untersuchen lassen, und zwar bald."

"Ich habe keine andere Wahl, ich muss mir in der Stadt jemanden suchen. Werden Sie mir helfen?"

"Jeder Arzt, den du aufsuchst, unterliegt der Schweigepflicht. Ich verspreche dir, dass kein Mensch etwas erfahren wird von dem, was du Doktor Holt anvertraust." Frau Blatt fühlte sich mit de Situation ein wenig überfordert. Alle Argumente, die sie anführte, prallten an Silvia ab, die sich offensichtlich am liebsten unsichtbar gemacht hätte aus lauter Angst vor ihrem Vater und dessen Reaktion.

"Das hat damit nichts zu tun. Ich hätte große

Hemmungen, jemandem meine Geschichte anzuvertrauen, den ich kenne. Da ist mir ein fremder Arzt, den ich später nie mehr wiedersehe, lieber."

"Du bist doch noch ein richtiger Kindskopf." Ingeborg seufzte verhalten auf. "Auch in Haselheide ist das Leben nicht stehen geblieben. Erinnerst du dich noch an Sabine Hofbauer? Sie bekam damals ein Kind von einem Knecht. Ganz allein hat sie alles durchgestanden, das Gerede, die Einsamkeit, die Schmerzen. Und dann ist sie in die Stadt gegangen, mit ihrem kleinen Jungen. Sie hat einen reichen Mann geheiratet und ist glücklich geworden. Inzwischen ist das dritte Kind unterwegs."

"Das hilft mir nichts. Ich will mein Abi machen und dann einen Beruf ergreifen. Heiraten kann ich mir jedenfalls abschminken. Christian wird sicher glauben, ich hätte das mit Absicht getan."

"Jetzt reicht es aber. Du stellst lauter Vermutungen in den Raum ohne zu wissen, ob sie auch der Tatsache entsprechen. Zudem hast du es nicht allein getan. Dazu gehören immer zwei. Dein Christian hat seine Hälfte dazu getan, also nimm nicht das ganze Leid der Welt auf deine schwachen Schultern. Versuche es doch einmal. Gib den Leuten allen eine Chance, sich zu deinen Anschuldigungen zu äußern." Die Frau war jetzt richtig ärgerlich.

"Bitte, Frau Blatt. Ich habe all das, was Sie sagen, schon mindestens hundertmal durchdacht. Doch ich habe gar keine andere Wahl." Sie ging mit der Tüte zur Tür. "Danke für Ihre Hilfe. Darf ich noch einmal wiederkommen, wenn ich das aufgegessen habe?“,

"Natürlich, du musst sogar, Silvia. Ich helfe dir, so gut ich kann. Bitte, vertrau mir." Ingeborg seufzte verhalten auf. Sie hatte das Gefühl, als würde sie nicht genügend tun. Hatte sie nicht die richtigen Worte gefunden, um Silvia zur Umkehr zu bewegen? Sie wusste genau, dass es falsch war, wenn sie die Schwangere jetzt gehen ließ. Doch sie konnte sie schließlich auch nicht gegen ihren Willen festhalten. Das einzige, was ihr ein wenig mehr Erfolg versprechend erschien als Protest war Verständnis. So würde sie wenigstens die Möglichkeit haben, Silvia zur Seite zu stehen, wenn es denn nötig sein sollte.

Silvia kam noch einmal zurück, stellte sich auf die Zehenspitzen und hauchte der Haushälterin rasch einen Kuss auf die Wange. Wenig später war sie verschwunden.

Ingeborg Blatt stand da wie vom Donner gerührt. Noch immer konnte sie nicht so recht glauben, was sie eben erfahren hatte. Silvia, dieses kleine, stets etwas verschreckt wirkende Mädchen erwartete ein Kind. Und Christian Scholpp war der Vater. Auch ihn kannte sie schon aus Kindertagen.

Wie schnell doch die Zeit vergeht!

Ein wehmütiges Lächeln umspielte den Mund der noch immer gut aussehenden Frau. Aus Kindern werden Leute, dachte sie. Und doch sind sie im

Grunde ihres Herzens noch immer Kinder. Es liegt an uns, den Erwachsenen, ihnen den letzten Schritt in ein neues Leben zu erleichtern.

* * *

Seit über zwei Wochen schon versuchte Christian, Silvia wenigstens telefonisch zu erreichen. Immer wieder rief er bei ihren Eltern an und bat, die Freundin sprechen zu dürfen. Doch stets hatten sowohl der Vater als auch die Mutter eine plausible Erklärung parat, weshalb sie sie ausgerechnet in diesem Moment nicht ans Telefon holen konnten.

Jetzt jedoch konnte Christian nicht mehr anders. Die Sehnsucht nach seiner Freundin trieb ihn aus dem Haus. Er konnte sich nicht mehr konzentrieren, hatte Schwierigkeiten, den Vorlesungen zu folgen, die er die Woche über in der Stadt besuchte, und jetzt, da erneut ein Wochenende nahte, konnte er den Gedanken kaum mehr ertragen, dass Silvia krank zuhause lag und er sie nicht einmal besuchen durfte. Etwas stimmte da nicht, das spürte er ganz genau. Die Eltern versuchten, Silvia von ihm fern zu halten. Doch welchen Grund hatten sie? Bis jetzt hatte er eigentlich immer den Eindruck gehabt, dass diese Freundschaft nicht nur toleriert sondern sogar von Silvias Vater gern gesehen wurde. Was war auf einmal geschehen, das diesen Sinneswandel verursacht hatte? An die Erkältung seiner Liebsten, wie die Mutter immer wieder versuchte, ihm plausibel zu machen, konnte er nicht mehr glauben.

Aus diesem Grund und weil ihn die Sorgen um sie nicht mehr schlafen ließen, machte sich der junge Mann an diesem Nachmittag auf den Weg, um auch gegen die Erlaubnis ihrer Eltern nach dem Mädchen zu sehen. Er musste Silvia ganz einfach besuchen, wenn er seine innere Ruhe wiederfinden wollte.

Endlich stand er am Gartentor und überlegte, wie er sich den Eltern gegenüber verhalten sollte. Wussten sie, dass er und Silvia inzwischen ein richtiges Paar geworden waren oder durfte er sich nicht verraten? Was sollte er überhaupt sagen, wie seinen Besuch begründen?

Er kannte die Familie schon ziemlich lange, hatte vor Jahren auch einige Zeit Unterricht bei Herrn Ehleiter gehabt, doch so einfach ins Haus schneien und nach der Tochter fragen, das würden Silvias Eltern sicher nicht so einfach erlauben.

Seinen ganzen Mut zusammennehmend öffnete der junge Mann das Gartentor und ging den schmalen Weg entlang, wobei er bewundernd die herrlichen Blütenrabatten betrachtete, die Frau Ehleiter mit viel Liebe pflegte. Dann läutete er.

"Christian, du?“ Frau Ehleiter war sichtlich erschrocken. Ihr Gesicht drückte Abwehr aus, Erschrecken und – Angst. Dennoch trat sie zur Seite, um ihn ins Haus zu lassen. "Du kannst Silvia nicht besuchen. Es geht ihr heute nicht so gut, dass sie mit jemandem sprechen möchte."

"Auch mit mir nicht? Wir haben uns seit Wochen nicht mehr gesehen. Bitte, Frau Ehleiter", verlegte er sich aufs Bitten, "nur einen kleinen Moment."

Die Frau schüttelte nur den Kopf. "Es tut mir Leid, Christian. Ich darf dich nicht zu ihr lassen. Doktor Holt hat es verboten", log sie und fühlte sich schlecht dabei. "Es könnte sonst sein, dass du dich ansteckst."

"Was fehlt ihr denn eigentlich?“,

"Ich kann es dir nicht genau sagen", wich die Mutter aus. "Doktor Holt hat zwar den Namen genannt, es muss wohl eine besondere Art der Grippe sein, doch ich konnte ihn mir nicht merken. Das nächste Mal beim Hausbesuch werde ich ihn genau nach der Bezeichnung fragen und es mir aufschreiben." Nervös blickte Frau Ehleiter an Christian vorbei.

"Und wenn ich an der Tür stehen bleibe?“, schlug der Besucher vor. "Ich will doch nur sehen, dass es ihr einigermaßen gut geht. Sie muss wissen, dass ich immer an sie denke."

"Wenn ich dir doch sage, dass sie heute keinen Besuch empfangen kann", beharrte Corinna verzweifelt. In ihrem Gesicht zuckte es, und es schien, als sei sie den Tränen nahe. "Geh nach Hause, Christian. Es hat wirklich keinen Sinn. Wenn Silvia Besuche empfangen kann, werde ich dir sofort Bescheid geben."

"Nur einen Moment."

"Bitte, geh jetzt, Christian." Entschieden schob sie ihn zur Tür hinaus. "Sei nicht böse, dass ich so konsequent bin. Doch es hat keinen Wert, dass du dich auch noch ansteckst."

"Sagen Sie ihr bitte, dass ich hier war", sagte der Mann betrübt. Mit gesenktem Kopf ging er davon. Erst als er wieder auf der Straße stand merkte er, dass er jetzt genauso schlau war wie vorher. Nichts hatte Frau Ehleiter ihm gesagt, gar nichts. Er ärgerte sich über sich selbst, weil er sich so einfach hatte abspeisen lassen. Mehr als vor dem Besuch war ihm jetzt klar, dass hier etwas gar nicht in Ordnung war. Wenn Silvia wirklich so ein gefährliche Infektion hatte, dann hätte sie diese nicht zuhause auskurieren dürfen sondern hätte in ein Krankenhaus gehen müssen.

Christian fühlte, wie eine entsetzliche Angst in ihm hochstieg. Alles war so geheimnisvoll, so verwickelt, dass man glauben konnte, etwas würde nicht mit rechten Dingen zugehen. Und zum ersten Mal wurde ihm ganz deutlich bewusst, wie viel Silvia ihm bedeutete, nämlich alles auf dieser Welt. Diese Erkenntnis traf Christian wie ein Blitzschlag. So genau hatte er vor diesem Erlebnis noch gar nicht nachgedacht. Doch jetzt war ihm klar, dass ein Leben ohne sie für ihn bedeutungslos sein würde.

Der junge Mann war schon ein ganzes Stück gelaufen, als er abrupt stehen blieb und sich umschaute. Warum lief er eigentlich davon? Hatte er denn Antworten bekommen auf seine Fragen? Hatte er Silvia sehen dürfen? Wer gab der Mutter das Recht, ihn einfach wegzuschicken? Wenn Silvia ihn nicht sehen wollte, dann sollte sie ihm das gefälligst selbst ins Gesicht sagen.

Nein, Frau Ehleiter hatte ihm den Weg zur Geliebten versperrt. Doch jetzt, da Christian wusste, dass er nur mit Silvia seine Zukunft, sein Leben teilen wollte, war er überzeugt davon, dass er ein Recht darauf hatte, mit der Kranken zu sprechen.

Christian lief die Straße wieder zurück. Dieses Mal würde er sich nicht so leicht abspeisen lassen, das hatte er in diesem Augenblick beschlossen. Er stand wieder vor der Haustür und läutete, dann waren rasche Schritte zu hören.

Sein Herz klopfte zum Zerspringen. Alle Fragen, die er sich unterwegs zurechtgelegt hatte, waren mit einem Mal nicht mehr da.

"Christian, du schon wieder?“ Frau Ehleiter war blass geworden. "Ich denke, wir haben alles besprochen. Du kannst meine Tochter heute nicht sehen."

"Ich will Silvia heiraten, weil ich sie liebe. Und genau das muss ich ihr jetzt, in diesem Augenblick, selbst sagen. Ich muss wissen, ob es ihr genauso ernst ist wie mir." Er drängte erneut ins Haus.

"Silvia ist siebzehn."

"Aber nicht mehr lange", gab der junge Mann zu bedenken. "Soll Ihre Antwort bedeuten, dass sie etwas gegen unsere Verbindung einzuwenden haben?“,

"Das habe ich nicht gesagt. In ein paar Monaten kann sie ohnehin entscheiden, was sie tut." Frau Ehleiter ging dem Besucher voran zum Wohnzimmer. "Was ist nur in dich gefahren, Chris? Ich kenne dich gar nicht wieder. Das Beste wird sein, du wartest, bis mein Mann zurück ist. Mit ihm kannst du dann alles besprechen. Er ist nur rasch zum Automaten gelaufen, um sich ein Päckchen Zigaretten zu holen."

"Ich werde bei Silvia oben warten. Sie muss schließlich als Erste von meinen Absichten erfahren." Er lachte etwas gekünstelt. "Vielleicht will sie mich ja auch gar nicht. Dann brauchen wir gar nicht erst Ihren Mann zu bemühen."

"Nichts dergleichen wirst du tun." Unvermittelt brach die Frau in Tränen aus. "Warum nur bist du so hartnäckig? Ich weiß nicht, ob es richtig ist, aber, da du keine Ruhe gibst, werde ich dir wohl oder übel die Wahrheit sagen müssen. Geh ins Wohnzimmer, Chris. Ich hole uns nur rasch etwas zu trinken."

Endlich kam Silvias Mutter wieder. Erwartungsvoll, mit heftigem Magengrimmen vor Angst, starrte Chris ihr entgegen. Er hatte sich inzwischen auf einem der Stühle niedergelassen und die langen Beine übereinandergeschlagen.

Frau Ehleiter hatte zwei Gläser mitgebracht und eine Flasche Mineralwasser. "Magst du vielleicht lieber Saft?“ Man konnte ihr anmerken, dass sie versuchte, die ehrliche Antwort hinauszuzögern.

Chris schüttelte den Kopf. "Ich will nur zu Silvia." Angst stieg in ihm hoch und schnürte seine Kehle zu. "Was haben Sie mir so Schlimmes zu sagen, dass Sie sogar weinen bei dem bloßen Gedanken daran?“

Corinna Ehleiter wischte sich über das Gesicht. Jetzt, da die Tränen angefangen hatten zu fließen wollten sie gar nicht mehr aufhören. "Du hast Recht, mein Junge. Es ist tatsächlich etwas passiert. Silvia ist verschwunden."

"Verschwunden? Das ist doch wohl nur ein Witz oder irgend so eine Idee, um mich von ihr fern zu halten, oder?“ Vor Zorn hatte sich sein sonst so sanftes Gesicht gerötet. "Das funktioniert bei mir nicht. Ich werde erst gehen, wenn ich Silvia gesehen habe."

"Glaub mir, Chris. Wenn du möchtest, kann ich dir ihr leeres Zimmer zeigen und auch ihren Abschiedsbrief. Du darfst ihn auch lesen. Wir stehen genauso vor einem Rätsel wie du." Ihre Stimme schwankte.

"Hatte Silvia denn einen Grund, so einfach zu verschwinden?“, Chris hatte auf einmal furchtbare Angst, das geliebte Mädchen nie mehr wiederzusehen. "Man muss die Polizei einschalten." Die Gedanken in seinem Kopf verursachten so ein heftiges Durcheinander, dass er bald gar nichts mehr denken konnte.

"Genau das will Silvia nicht. Lies ihren Brief, dann weißt du, dass wir gar nicht anders handeln konnten." Sie reichte ihm das Blatt. "Haselheide ist ihr angeblich zu klein geworden", fuhr Corinna fort. "Allerdings bin ich nicht überzeugt davon, dass sie uns die Wahrheit mitgeteilt hat."

Mit brennenden Augen starrte Chris auf die schöne Handschrift. Jetzt, da er es selbst lesen konnte musste er es auch glauben. Immer wieder schüttelte er verständnislos den Kopf. „Das... kann ich nicht glauben“, murmelte er. „An unserem letzten Abend haben wir uns geschworen, dass wir immer zusammenbleiben wollen. Silvia hat das ernst gemeint. Sie... sie fing an, mir vorzuschwärmen, wie schön das wäre, wenn wir eine Familie sind mit einem eigenen Häuschen und Garten, einem oder zwei Kindern und einem Hund. Es hörte sich wunderschön an, und ich hatte das Gefühl, als hätte ich sie mit meiner Antwort enttäuscht. Ich meinte nämlich, dass wir damit noch warten müssen bis ich mein Studium abgeschlossen habe. Das ist mir sehr wichtig, denn ich möchte meiner Familie schließlich etwas bieten können.“ Er dachte einen Moment lang nach. „Ob ich sie damit vor den Kopf gestoßen habe? Vielleicht ist sie deshalb verschwunden. Aber nein, deshalb doch nicht“, widersprach er sich selbst. „Das muss einen ganz anderen Grund haben.“

"Erzähl niemandem davon", bat die Frau. "Mein Mann will nicht, dass es sich in Haselheide herumspricht. Wir wollen abwarten und hoffen, dass Silvia eines Tages wieder nach Hause findet. Wir haben gedacht, dass sie vielleicht aus Liebeskummer weggegangen ist. Du kannst mir darüber nichts erzählen?“,

Christian schüttelte heftig den Kopf. "Wir lieben uns, und ich kann mich an keine Auseinandersetzung erinnern, außer... aber das kann nicht der Grund sein. Wir haben später noch viel gelacht und herumgealbert." Der junge Mann bis sich auf die Lippen. "Ich kann es nicht ertragen, einfach nur herumzusitzen und zu warten, bis Silvia von selbst zurückkommt."

"Bitte, Chris, wir können gar nichts anderes tun."

Christian erhob sich und ging zur Tür. "Ich weiß es ja", gestand er, "und doch würde ich lieber die Polizei einschalten."

"Sie werden Silvia bestimmt nicht suchen, wenn sie hören, dass sie bald volljährig ist. Und wenn wir den Beamten den Brief zeigen, dann werden sie uns auslachen."

Der Mann nickte betroffen. "Es stimmt", gab er zu. "Also werden wir warten und uns in das Unvermeidbare fügen. Danke, dass sie mir die Wahrheit gesagt haben." Er ging mit gesenktem Kopf nach draußen. Die Tür fiel ins Schloss, Stille breitete sich aus, eine unerträgliche Stille.

* * *

Schon einige Male hatte Dr. Holt den schwachen Lichtschein entdeckt, der aus den Fenstern der alten Scheune drang. Dr. Holt wusste von seinem Vorgänger, dass die Scheune schon öfter als Unterschlupf für so manchen Landstreicher oder Obdachlosen gedient hatte.

Und jetzt war offensichtlich wieder jemand eingezogen. Der Arzt überlegte, ob er nicht den Versuch machen sollte, diesen armen Menschen kennen zu lernen und ihn zu fragen, ob er ihm, auf welche Weise auch immer, helfen konnte.

Es war bereits stockfinster draußen, als der Arzt endlich die letzten Arbeiten in seiner Praxis abgeschlossen hatte. Ein seltsames Gefühl beschlich ihn, als er den schmalen Weg zwischen den Blumenrabatten entlang ging und die alte Scheune ansteuerte.

Was würde ihn erwarten? Noch heute Abend, als er gerade den letzten Patienten verabschiedete, entdeckte er wieder den Lichtschein. Deshalb entschloss er sich auch spontan, gerade an diesem Abend der Sache auf den Grund zu gehen.

Er hatte schon fast die Scheune erreicht, die jetzt wieder ganz im Dunkel lag, da überlegte er, dass er wohl doch besser Admiral hätte mitnehmen sollen. Jetzt jedoch war es zu spät zum Umkehren. Er musste ganz einfach seinen Gang hinter sich bringen, um endlich Ruhe finden zu können.

Zum ersten Mal betrat er ganz allein die Scheune. Es war ein seltsames Gefühl, sich einmal in Ruhe alles ansehen zu können, ohne dass jemand einen Kommentar abgab. Zwar funktionierte der Lichtschalter links von der Tür nicht, doch für alle Fälle hatte Alexander eine Taschenlampe mitgebracht, deren Lichtkegel jetzt über den Boden und die übrige Umgebung huschte.

Es dauerte auch gar nicht lange, bis er das Lager entdeckte, das offensichtlich bis vor kurzem noch jemandem zum Ausruhen gedient hatte. Ein Landstreicher?

Dr. Holt schnupperte. Ein schwacher Geruch nach einem süßlichen Parfüm lag in der Luft. Allem Anschein nach musste es einen Frau sein, die hier nächtigte. Oder sie war ein Besucher des unbekannten Gastes. Er grinste vor sich hin. Da hatte die Fremde es nötig, in seiner Scheune zu campieren, aber auf ihr Parfum konnte sie dennoch nicht verzichten.

"Hallo, ist da jemand?“, rief Dr. Holt und seine Stimm erklang etwas hohl in diesem unwirtlichen Raum. "Melden Sie sich doch. Vielleicht kann ich Ihnen helfen!"

Es kam keine Antwort. Interessiert leuchtete Dr. Holt die ganze Umgebung aus und kam zu dem Schluss, dass diese Person, um wen es sich auch handelte, wohl irgendwann einmal nach hier zurückkehren würde. Es sah jedenfalls so aus, denn unter der alten Liege stand die Reisetasche, und über der Lehne eines schon etwas morschen Stuhles hing eine Jacke, eindeutig die einer Frau. Also doch, kein Mann sondern nur eine Frau allein.

Dann jedoch entdeckte Dr. Holt etwas, das ihn erschreckte. Auf dem Holztisch stand eine Schüssel und ein Teller. Der Teller stammte eindeutig aus dem Geschirrschrank in seiner Küche. Er hatte ihn aus Heidelberg mitgebracht. Sollte Frau Blatt etwas damit zu tun haben?

Der Arzt holte tief Luft. Dies war eine Geschichte, die so rasch wie möglich geklärt werden musste. Er drehte sich um und verließ eilig die Scheune.

Hoffentlich war Frau Blatt noch nicht zu Bett gegangen. Dr. Holts Schritte wurden immer schneller und weit ausgreifender. Mit allem möglichen hätte er gerechnet und es hatte ihn nicht einmal überrascht, dass sein unbekannter Logiergast dieses Mal eine Frau war. Doch dass er auf dem Tisch sein Geschirr gestanden hatte, das brachte den Arzt doch etwas durcheinander.

Alexander hatte Glück. Frau Blatt war noch nicht zu Bett gegangen. Sie saß im Wohnzimmer vor dem Fernseher und arbeitete an ihrem Angorapulli weiter, den sie noch bis zum Winter fertig stellen wollte. Überrascht schaute sie auf, als der Arzt eintrat.

"Kann ich Sie kurz sprechen, Frau Blatt?“

"Natürlich, Herr Doktor." Sie ließ ihr Strickzeug sinken. Sie war es gar nicht mehr gewöhnt, dass der

Arzt ihren richtigen Namen gebrauchte. Deshalb ahnte sie auch, dass er etwas auf dem Herzen hatte, das ihr unter Umständen unangenehm sein konnte. Allerdings war sich die Frau keiner Schuld bewusst außer...

"Ist etwas passiert?“

"Das kann ich nicht so genau sagen", antwortete Alexander, ohne sie aus den Augen zu lassen. "Ich hoffe, dass Sie mir weiterhelfen können, oder?“

"Ich werde den Fernseher ausmachen", schlug sie vor.

"Nichts dagegen", kam die prompte Antwort von dem Mann, was Ingeborg noch mehr durcheinander brachte.

"Wer nächtigt in unserer Scheune?“

Die Haushälterin zuckte zusammen und errötete bis zum Haaransatz. Sie überlegte nur einen Moment lang, dann schüttelte sie den Kopf. "Ich kann es nicht sagen", antwortete sie ausweichend. "Bitte fragen Sie nicht weiter."

"Und ob ich das tun werde. Also lassen Sie uns rekonstruieren. Es handelt sich um eine Frau, nicht wahr? Jung oder alt?“

"Jung", antwortete die Haushälterin, ohne sich über die Folgen klar zu werden. Dr. Holt hatte sie so durcheinandergebracht, dass es jetzt ein leichtes war, sie zu überrumpeln.

"Wie jung?“,

"Ich sag nichts mehr." Sie bis sich auf die Lippen.

"Aber sie ist noch sehr jung."

Dr. Holt dachte nach. In Haselheide gab es mehrere Frauen, die noch sehr jung waren, vielleicht sogar noch die Schule besuchten. "Sie wissen doch, dass Sie sich unter Umständen strafbar machen, sollte es sich um eine minderjährige Person handeln."

Ingeborg wurde immer aufgeregter. Dr. Holt tat nichts anderes als ihre geheimen Gedanken und Befürchtungen auszusprechen. Und doch erschreckte sie der Ernst in seinem Gesicht. So hatte sie ihn jedenfalls noch nie zuvor erlebt.

"Ich habe versprochen, nichts zu verraten. Bitte, Herr Doktor, drängen Sie mich nicht, mein Versprechen zu brechen. Ich habe ohnehin schon so schwer daran zu tragen." Sie war den Tränen nahe.

"Wenn Sie glauben, dass Sie das Schweigen verantworten können, dann will ich Sie nicht länger quälen. Doch bitte, Herzblättchen, warten Sie nicht zu lange. Es könnte etwas schief gehen, mit dem Sie vorher nicht rechnen konnten. Außerdem werde ich jetzt jeden Abend die Scheune inspizieren. Sollte ich diese Person entdecken, dann sind Sie völlig unschuldig. Einverstanden?“

Die Frau atmete erleichtert auf. "Einverstanden", sagte sie fast glücklich. "Jetzt wird alles gut."

"Noch ist es nicht soweit", warnte der Landarzt. "Lassen Sie es nicht zu, dass etwas geschieht, das unserem Einflussbereich entgleitet." Er nickte Ingeborg zu, wünschte ihr eine gute Nacht und verließ das Wohnzimmer. Später saß er noch eine ganze Zeitlang an seinem Schreibtisch und dachte nach.

* * *

"Was hast du Christian erzählt? Ich habe gedacht, wir hätten uns in diesem Punkt geeinigt, nichts nach draußen dringen zu lassen. Du hast wohl ganz vergessen, dass ich einen Ruf zu verlieren habe." August Ehleiter war vor Zorn hochrot im Gesicht. Wie ein Racheengel stand er jetzt bei seiner Frau in der Küche und hatte offensichtlich Mühe, seine negativen Gefühle einigermaßen zu beherrschen. „Natürlich mache ich mir ebenfalls Sorgen um unsere Tochter. Dennoch müssen wir auch auf uns achten. Silvia hat sich entschieden, ihr Leben ohne uns zu leben. Ich habe es akzeptiert, auch wenn ich nicht glücklich bin darüber. Doch auch unser Leben hier muss weitergehen. Ich habe lange daran gearbeitet, so einen guten Ruf an unserer Schule zu haben. Den werde ich mir nicht von meiner spät pubertierenden Tochter kaputt machen lassen.“ Er schnaubte vor Zorn.

Erschrocken blickte Corinna ihren Mann an. "Was soll das auf einmal, August? Wer hat dir solch einen Unsinn erzählt?“

"Unsinn nennst du das? Heute nach der Schule hat Christian mich gestellt. Er fragte, ob wir nicht endlich die Polizei informieren wollten. Er könne die Ungewissheit nicht mehr länger aushalten, hat er gesagt. Und da ich ihm nichts erzählt habe, kann er seine Weisheit nur von dir haben."

"Hat er auch", gestand Corinna verschüchtert, und ihre Stimme klang ganz leise und winzig klein vor Angst. "Er kam an einem der letzten Samstage, weil er sich um Silvia sorgte. Ich finde, er hat ein Recht darauf, die Wahrheit zu wissen. Immerhin liebt er sie und möchte sie irgendwann heiraten."

"Die Wahrheit? Kennst du denn die Wahrheit, weshalb unsere Tochter es vorgezogen hat, bei Nacht und Nebel ihre Heimat zu verlassen? Glaubst du denn, ich bin stolz auf eine Tochter, die sich in meinem Zuhause nicht wohlfühlt, die glaubt, eine Großstadtpflanze zu sein? Und heiraten... Christian? Nie. Der will studieren und ist dann erstmal für einige Jahre weg von hier.“

"Hast du vergessen, was wir uns versprochen haben an dem Morgen, als wir Silvias Verschwinden entdeckten? Du solltest nicht so hart urteilen. Bitte, August, wir haben alles schon durchgesprochen. Silvia hat bestimmt ihre Gründe, und sie werden wohl schwerwiegender sein als wir ahnen." Die Frau seufzte verbittert auf. "Versuche doch einmal, deine Familie zu verstehen."

"Da gibt es nichts, das ich nicht verstehe", begehrte er auf. "Ich arbeite jeden Tag hart, das ganze Jahr über, nur um meiner Familie ein schönes Leben zu bieten. Und was ist der Dank?“

"Ein schönes Leben?“ Corinna stützte die Hände in die Hüften. All die Jahre hatte sie geschwiegen, hatte sogar Silvia den Mund verboten, aus lauter Schuldgefühlen August gegenüber, der ja ständig betonte, nur für seine Familie zu arbeiten. Für sich beanspruchte er natürlich nichts außer absolutem Gehorsam. Man konnte seinen Stolz ganz deutlich in seiner Stimme hören, wenn er sagte, er würde mit eisernem Besen regieren.

"Jetzt will ich dir einmal sagen, was Sache ist. Die ganzen Jahre haben wir uns nach dir gerichtet. Was du sagtest, bestimmtest, das war für uns, für Silvia und mich, verbindlich. Dein Wort war in unserem Hause Gesetz. Du hast das Geld verdient, Silvia ging zur Schule, und wir lebten von deinem Verdienst. Das bisschen, das ich noch heimbrachte, zählte bei dir natürlich auch nicht."

"Was soll das, Corinna? Immer wirfst du dich zwischen unsere Tochter und mich, und ich bin dabei immer der Böse. Siehst du denn nicht, was aus deiner ewigen Angst, ich könnte ihr ein Haar krümmen, geworden ist? Davongelaufen ist sie, einfach so, ohne Begründung. Du klagst mich an? Wofür? Dass ich aus Silvia eine starke Frau machen wollte, die ihr Leben gut im Griff hat, eine ausgezeichnete Ausbildung bekommt und im Leben gut bestehen kann. Stattdessen suchst du ständig die Schuld bei mir für alles, was passiert. Ich habe dir nichts getan, also lass mich zufrieden", knurrte der Mann verständnislos.

"Du hast mir jetzt nichts getan", verbesserte sie ihn. "Dennoch hast du versucht, unser ganzes Leben zu manipulieren. Ich liebe dich, August, und ich konnte es ertragen. Doch Silvia ist ein eigenständiger Mensch, eine Frau am Beginn ihres Lebens. Sie hat die Freiheit gesucht, fern von deiner Autorität."

Der Lehrer stand da wie vom Donner gerührt. Mit allem hatte er gerechnet nur nicht mit diesem Bekenntnis von Seiten seiner Frau. "Ich dachte, es sei alles in Ordnung. Warum fängst du jetzt schon wieder von vorne an mit all den Anklagen? Und warum habt ihr nur nicht eher mit mir gesprochen, erst jetzt, da das Unglück geschehen ist?"

"Natürlich dachtest du das, August. Du hattest in all den Jahren keine Augen und Ohren für uns. Einwände von meiner Seite wurden von dir gleich mit irgendwelchen Floskeln abgetan. Bitte betrachte es nicht als Anklage. Ich will nur, dass du Silvia eines Tages, falls sie wieder zu uns zurückkehrt, mit offenen Armen und mit Verständnis und Liebe aufnimmst."

Der Mann stöhnte verhalten auf und wich ihrem fragenden Blick aus. "Ich verstehe nicht, Corinna. Bin ich wirklich der Holzklotz, als den du mich darstellst? Ich bin im Augenblick so durcheinander, dass ich kaum mehr einen klaren Gedanken fassen kann."

"Christian liebt unsere Silvia." Die Frau ging ihm gar nicht auf seine Worte ein. Sie hatte gemerkt, dass sie einen wirklich günstigen Moment erwischt hatte, um ihrem Mann ins Gewissen zu reden. Den musste sie ausnützen.

"Ich konnte gar nicht anders handeln als ihm das zu sagen, was wir beide ebenfalls wissen. Ob es die Wahrheit ist oder nicht - es ist auf jeden Fall eine Erklärung, die ihn für eine Weile besänftigte."

"Dann könnte unsere Tochter wegen Christian davongelaufen sein?“ Alarmiert starrte er seine Frau an. "Hast du ihn gefragt, ob sie Streit hatten? Oder seine Eltern wollten den beiden den Umgang miteinander verbieten. Was meinst du, Liebes, das könnte es doch sein."

"Nein, das ist ganz unmöglich. Christian hätte es mir gesagt. Er war ehrlich verzweifelt und voller Angst und Sorge." Frau Ehleiter schüttelte den Kopf. Sie forschte in dem Gesicht ihres Mannes und entdeckte die Verbitterung, die ihm ganz deutlich anzusehen war. "Christian widmete sich vielleicht zu sehr seinem Studium, doch das ist in der gegenwärtigen Situation das einzig Richtige. Silvia wusste das, und sie war einverstanden damit."

"Dennoch werde ich auf einmal das Gefühl nicht los, dass ihr Verschwinden etwas mit dem Jungen zu tun hat", beharrte Herr Ehleiter. "Natürlich kannst du jetzt wieder sagen, ich würde die Schuldfrage nur von mir ablenken. Vielleicht hast du sogar Recht damit. Und doch ist mir der Verdacht ganz spontan in den Sinn gekommen."

"Ich kann nichts dagegen sagen. Wir müssen ganz einfach abwarten." Corinna trat auf ihren Mann zu und schloss ihn in die Arme. "Egal, was Silvia tut, sie wird immer unsere Tochter bleiben", sagte sie leise an seinem Ohr. "Oder bist du anderer Meinung?“

Heftig schüttelte Herr Ehleiter den Kopf. "Ich werde in Zukunft immer deiner Meinung sein, Liebes", flüsterte er zurück und küsste Corinna zärtlich.

* * *

Für Ingeborg Blatt wurde es immer problematischer, ihren Schützling mit Proviant zu versorgen. Zwar hatte die Haushälterin dem Doktor in einem erneuten Gespräch das Versprechen abgerungen, sich mindestens noch für die nächsten drei oder vier Wochen still zu verhalten. Doch sie merkte ganz deutlich, dass Dr. Holt sie jeden Abend mit Argusaugen beobachtete, wenn sie das Haus verließ.

Dann kam eine schlaflose Nacht, in der die Frau in Gedanken alle möglichen Ereignisse durchspielte, die Silvia in der Einsamkeit der Scheune geschehen konnten. Und als sie am Morgen wie gerädert aufstand, hatte sie einen Entschluss gefasst. Gleich an diesem Abend wollte sie Silvia noch einmal ins Gewissen reden. Das Mädchen war jetzt bereits im siebten Monat, und bis jetzt hatte noch kein Gynäkologe sie zu Gesicht bekommen.

So konnte, so durfte es nicht mehr weitergehen. Silvia spielte mit ihrem Leben und mit dem ihres ungeborenen Kindes. Und sie, Ingeborg, spielte aus lauter Mitleid mit, obwohl sie vom Verstand her wusste, dass das Mädchen in großer Gefahr schwebte.

Den ganzen Tag über kämpfte die Frau mit dem Gedanken, ob sie nicht gleich zu Silvia gehen sollte. Sie hatten zwar nur die Abendstunden vereinbart, doch dies war eine Ausnahmesituation. Selbst wenn sie Silvia damit erschrecken würde, wenn sie außerhalb der vereinbarten Zeit kam, so musste sie dieses Risiko doch eingehen. Eine Lösung musste gefunden werden, die allen gerecht wurde.

Dennoch schaffte Frau Blatt es, bis gegen Abend zu warten. Als Ingeborg noch während der Nachmittagssprechstunde zu der Scheune hinüberging, um dem Mädchen etwas von dem Eintopf zu bringen, den sie ihr vom Mittagessen gelassen hatte, da gingen tausenderlei Gedanken durch ihren Kopf.

Was sollte sie sagen, wie sich verhalten? Sie durfte Silvia nicht vor den Kopf stoßen.

In der einen Hand trug sie die Tasche mit dem Kochtopf und einem Teller, und in der anderen hatte sie eine Box mit belegten Broten, einigen Äpfeln und Südfrüchten, um den Vitaminbedarf der Schwangeren zu decken.

Sie betrat die Scheune und blieb dann erst einmal stehen, weil sich ihre Augen an die düstere, ziemlich unwirtliche Umgebung gewöhnen mussten. Dann jedoch konnte sie alles schemenhaft erkennen und ging vorsichtig die wenigen Schritte bis zu Silvias Lager.

Das Mädchen lag dösend auf dem Bett. Bei Ingeborgs Eintreten fuhr Silvia erschrocken zusammen und richtete sich auf. "Ist etwas passiert, Frau Blatt? Sie sind viel zu früh dran." Verschlafen wischte sie sich über die Augen. Ihr Blick fiel auf die beiden Tüten, die die Besucherin mitgebracht hatte.

"Ich hatte schon solchen Hunger", gestand das Mädchen und schlug die Hände vors Gesicht. "Was mache ich nur? Bin ich verrückt geworden? Ich krieg ein Kind und sitze hier im Dunkeln, wag mich nur in der Nacht vor die Türe und muss warten, dass Sie mir etwas zu essen bringen. Das ist doch nicht normal. Sagen Sie mir, Frau Blatt, wie es weitergehen soll. Was mache ich, wenn das Kind kommt? Ich kann es nicht allein schaffen. Am liebsten wäre ich tot", schluchzte das Mädchen.

"So darfst du nicht reden, Silvia." Frau Blatt erschrak. Sie packte das Mädchen am Arm. "Du hast mit dem Kind eine Verantwortung übernommen, jetzt schon, obwohl es noch gar nicht geboren ist.

Aber es ist auf dich angewiesen. Ohne dich wird es nie das Leben erleben dürfen. Du hast nicht das Recht, über dieses Leben zu entscheiden. Jetzt ist es Zeit, erwachsen zu sein. Verstehst du? Die einzige Hilfe, die dir gerecht wird ist die eines Arztes. Du bist ganz einfach verpflichtet, dich untersuchen zu lassen. Wenn du es schon nicht für dich tust, dann wenigstens für dein Kind."

"Ich weiß ja, dass Sie Recht haben." Silvia weinte hemmungslos. "Aber ich traue mich nicht."

"Und wenn ich bei dir bleibe und dir helfe? Du kommst gleich mit mir und lässt dich von Doktor Holt untersuchen. Glaub mir, Silvia, das ist die beste Lösung. Du wirst erleichtert sein, wenn erst einmal alle wissen, dass du ein Kind bekommst. Ich bin sogar sicher, dass selbst deine Eltern sich nach einer kurzen Gewöhnungsphase mit dir freuen werden."

Die Haushälterin redete mit Engelszungen auf das Mädchen ein. "Du bist doch schon erwachsen genug um einzusehen, wie unreif und kindisch dein Verhalten ist. Als du dich mit Christian eingelassen hast wusstest du auch, dass etwas passieren kann. Also steh jetzt dazu und bekenne endlich Farbe, ehe euch beiden etwas geschieht. Ich habe kein gutes Gefühl bei der ganzen Geschichte."

"Und Christian?“,

"Soll ich ihn schonend darauf vorbereiten?“,

Heftig schüttelte das Mädchen den Kopf. "Bloß nicht. Ich lasse mir von ihm nicht nachsagen, dass ich ihn zur Heirat zwingen wollte. Ich bin alt genug, um mich selbst durchzubringen. Wenn das Kind geboren ist, werde ich in die Stadt gehen und mir eine Arbeit suchen."

"Ohne Schulabschluss?“ Zweifelnd blickte Frau Blatt ihren Schützling an. "Ich kann mir nicht vorstellen, dass du so schnell etwas bekommst, mit dem du Miete und Lebensunterhalt für euch beide bezahlen kannst. Dazu kommt, dass du dein Baby nicht so lange allein lassen darfst. Du hast keine Chance, überhaupt in der heutigen Zeit. Beweise einmal, dass du erwachsen bist und steh zu dem, was jetzt ist. Wann wirst du achtzehn?“,

Wieder liefen Tränen über das hübsche, jetzt ein wenig verhärmt aussehende Gesicht des Mädchens. "Heute", antwortete Silvia leise, "heute hab ich Geburtstag. Ich bin volljährig."

"Umso besser. Dann komm mit mir", überspielte Ingeborg ihr Mitleid. Es musste furchtbar frustrierend sein für Silvia, ausgerechnet diesen besonderen Tag, an dem sie volljährig wurde und dies normalerweise mit einer schönen Feier begehen sollte, allein in einer düsteren Scheune verbringen zu müssen ohne Aussicht auf eine schöne Zukunft.

"Es geht nicht." Die Schwangere stürzte sich mit einem regelrechten Heißhunger auf den Eintopf. "Haben Sie den selbst gekocht? Der ist phantastisch."

"Natürlich", gab Ingeborg lächelnd Antwort. "Dafür bin ich ja zuständig. Schmeckt er dir wirklich?“,

"Und wie." Silvia lächelte zurück. Es dauerte auch gar nicht lange, da hatte sie die Schüssel leer und schob sie zurück. "Jetzt bin ich aber satt. Am liebsten würde ich mich gleich hinlegen und schlafen."

"Das darfst du. Ich habe schon verstanden, dass ich gehen soll. Doch eine Weile wirst du meine Gegenwart noch ertragen müssen. Hast du dir schon Gedanken darüber gemacht, wo du dein Kind unterbringen willst, wenn du arbeitest? Eine Tagesmutter kostet Geld, ebenso ein Kinderhort. Und du musst auch von irgend etwas leben."

"Bitte, Frau Blatt. Ich kann es nicht hören, wenn Sie meine Gedanken und Befürchtungen laut aussprechen. Solange ich mir sage, dass ich es schon irgendwie schaffen werde, ist alles gut. Doch wenn ich erkennen muss, dass alles gar nicht zu schaffen ist, dann kann ich nicht mehr weiterleben."

"Das ist die Reaktion eines kleinen Mädchens, nicht einer volljährigen jungen Frau, die du jetzt bist", konterte die Haushälterin. "Zeig endlich mal echtes Verantwortungsbewusstsein, Silvia. Du brauchst es, denn du wirst bald für zwei sorgen müssen, wenn du dir nicht helfen lassen willst."

"Ich würde ja zu meinen Eltern zurückkehren", jammerte das Mädchen unglücklich. "Ich habe nur Angst vor Christian. Er wird mich fallen lassen, wenn er erfährt, dass ich ihm ein Kind an den Hals gehängt habe. Dabei freu ich mich schon drauf, so ein kleines Wesen im Arm zu halten, in seinem Gesichtchen eine Ähnlichkeit mit Christian oder mit mir zu suchen und zu sehen, wenn es zum ersten Mal lächelt. Lediglich der Gedanke, dass er mich dann davonjagt wie…" Sie brach ab und schluchzte verhalten.

"Dann muss er zumindest Unterhalt zahlen für das Kind“, gab Frau Blatt zu bedenken." Außerdem, denke ich, ist es sein gutes Recht als Kindsvater, selbst zu entscheiden, welche Rolle er in eurem weiteren Leben spielen möchte.

"Ich will kein Geld von ihm. Er hat ja selbst keines."

"Seine Eltern sind auch noch da."

"Ich kann es allein. Ich brauche niemanden, am wenigsten Christian. Er wird mich im Stich lassen, das weiß ich ganz sicher."

"Solltest du ihm nicht wenigstens die Chance lassen, dich vom Gegenteil zu überzeugen? Wenn du Recht haben solltest, dann kannst du immer noch handeln und dich von ihm zurückziehen. Doch dein Kind hat ein Recht auf eine ordentliche Versorgung. Weißt du überhaupt, dass du dich in höchstem Maße strafbar machst?“,

Darauf antwortete das Mädchen nicht. Doch es schien nachzudenken. "Mein Vater würde es nicht ertragen, ein uneheliches Enkelkind zu bekommen."

"Du darfst jetzt nur an dich und an dein Kind denken, Silvia. Deine Eltern können bei deiner

Entscheidung keine maßgebliche Rolle spielen, denn sie haben ihr eigenes Leben. Sie dürfen dir helfen, wenn sie dazu bereit sind, aber sie dürfen dir in nichts dreinreden Glaub mir, es kommt alles wieder in Ordnung. Ich verspreche es dir."

Das Mädchen erhob sich und ging müde zu der Liege. "Wir werden sehen", sagte es und legte sich hin. Silvias Leib wölbte sich auffallend, und ihre Schwangerschaft war in diesem Stadium nicht mehr zu übersehen.

Ingeborg nahm Silvias Hand in die ihre. "Vertraue mir, Kind. Ich bin schon etwas älter als du. Wenn du mich brauchst, werde ich immer für dich da sein. Nur - geh zum Arzt. Ich bitte dich, geh kein Risiko ein."

"Ich werde darüber nachdenken", antwortete Silvia und tat so, als sei sie unendlich müde. Im Grunde genommen entsprach dies sogar den Tatsachen.

Die Haushälterin wandte sich seufzend ab und ging. Ihr Gespräch, das sie in Gedanken so gründlich vorbereitet hatte, war nicht so gelaufen wie sie geplant hatte. Dennoch hoffte sie, dass es bald Früchte tragen würde. Es war jedenfalls höchste Zeit zum Handeln, wenn nicht ein Unglück geschehen sollte.

Ingeborg hatte kein gutes Gefühl, wenn sie an Silvias Kind dachte. Eine Geburt war immer eine ernste Sache. Und wenn die werdende Mutter keine Ahnung hatte und auch noch auf sich allein gestellt war, dann war es schon vorprogrammiert, dass etwas schief ging.

Entschlossen wandte sich die Frau um und ging noch einmal zur Scheune zurück. "Ich kann es nicht mehr länger mit ansehen, Silvia. Morgen erwarte ich eine Entscheidung von dir, die allen gerecht wird. Du gehst zu einem Arzt, wenn nicht zu Doktor Holt, dann eben zu einem anderen. Und ich werde dich begleiten. Ich kann mir diese Verantwortung nicht aufs Gewissen laden."

Silvia gab keine Antwort. Doch an dem leisen Schluchzen merkte Ingeborg, dass ihre Bedingungen angekommen waren. Beruhigt machte sie sich auf den Weg zurück zum Doktorhaus.

* * *

Die Entscheidung war gefallen. Silvia wusste, dass sie nicht mehr länger in der Scheune bleiben konnte. Doch wohin sollte sie gehen? Wie ein gefangenes Tier lief sie in der düsteren Scheune auf und ab, überlegte, dachte nach, kam zu einem Entschluss und verwarf ihn gleich wieder.

Alle Möglichkeiten, die die Schwangere ins Auge fasste, waren nicht durchführbar. Deshalb wäre sie in diesen Stunden der Verzweiflung auch am liebsten nach Hause gegangen und hätte Vater und Mutter endlich die Wahrheit gesagt und sie gebeten, ihre einzige Tochter jetzt nicht im Stich zu lassen.

Doch sie wagte es nicht. Sie musste eine andere

Lösung finden, die sie nach langem Nachdenken auch fand. Es fiel ihr wie Schuppen von den Augen. Auf ihren früheren langen Streifzügen durch die Natur hatte sie einige Male an einer kleinen Holzhütte eine kurze Pause eingelegt, die am Ufer des Haselheider Sees stand.

Nur selten verirrten sich Spaziergänger in diese Gegend, denn der See war an dieser Stelle nicht so schön wie an den übrigen romantischen Plätzen. Silvia jedoch hatte sich gerade hier immer am wohlsten gefühlt, weil sie so ungestört eins sein konnte mit der Natur und mit ihren Gedanken.

Keiner wusste, wem diese Hütte gehörte. Sie stand einfach da, moderte still vor sich hin und bot auf diese Weise einen perfekten Unterschlupf für verschiedenes Getier.

Der Gedanke, mit Wiesel und Marder und vielleicht auch noch unzähligen Insekten unter einem Dach leben zu müssen schreckte Silvia nicht. Lieber hatte sie ein morsches Dach über dem Kopf und eine Menge vierbeinige Mitbewohner, als dass sie weiterhin in Dr. Holts Scheune blieb und damit das Risiko einging, entdeckt zu werden.

Hastig packte das Mädchen seine Sachen zusammen, wartete, bis es dunkel wurde und schlich dann wie ein Dieb durch die Nacht. Das Unternehmen war ziemlich beschwerlich, denn Silvias Leibesfülle hatte in den letzten Wochen erheblich zugenommen.

Ein paar Wochen noch, dann war alles ausgestanden. War das Kind erst einmal da, dann konnte sie anfangen, ihr weiteres Leben zu planen. Doch jetzt musste sie erst einmal sehen, wie sie die Zeit bis zur Geburt noch einigermaßen hinter sich brachte. Ihre größte Sorge war, wie sie sich bis zur Stunde Null fortbringen sollte. Es gab niemanden, den sie um Essen bitten konnte außer Frau Blatt. Und die hatte ihr unmissverständlich klar gemacht, dass es so nicht mehr weitergehen konnte. Im Grunde ihres Herzens wusste Silvia, dass Frau Blatt in allem recht hatte, denn es war mehr als leichtsinnig, wie sie sich verhielt. Doch einen anderen Weg gab es nicht für sie, wenn Christian nicht denken sollte, sie hätte ihn mit einem Kind zur Ehe zwingen wollen. An die Schande, die sie über die Eltern brachte, wollte sie gar nicht denken.

Niemand begegnete ihr auf der einsamen nächtlichen Straße. Ungesehen konnte das Mädchen sein Ziel erreichen. Die alte Holztür hing schon ein wenig schief und drohte jeden Augenblick aus den Angeln zu fallen, als sie sie nach innen aufschob.

Sie schaltete die mitgebrachte Taschenlampe an, um den Innenraum ein wenig auszuleuchten. Hier war es noch wesentlich unwirtlicher als in der Scheune von Dr. Holt. Spinnweben hingen in schweren düsteren Wolken von der Decke, und außer einem Holztisch und einigen ziemlich wacklig aussehenden Holzstühlen gab es in diesem kleinen

Raum keinerlei Einrichtungsgegenstände.

Sogar die Fensterscheiben waren so dick mit Staub und Spinnweben bedeckt, dass man von drinnen nicht einmal den Sternenhimmel sehen konnte. Auch der Geruch war so unangenehm, dass Silvia eine Gänsehaut den Rücken hoch kriechen fühlte.

Sollte sie wirklich die nächsten Wochen bis zur Geburt hier verbringen? Zum ersten Mal hatte sie Zweifel, ob es gut und richtig war, was sie tat. Sollte sie nicht lieber, wie es Frau Blatt ihr vorgeschlagen hatte, das Risiko eingehen, dass Christian nichts mehr von ihr wissen wollte? Immerhin hatte sie dann einige Probleme weniger, nämlich die, wie sie sich und ihr Kind ernähren sollte, falls sie die Geburt überhaupt allein schaffte.

"Nein, hier bleibe ich nicht." Sie schüttelte den Kopf. "Sie können mich nicht einfach hinauswerfen. Und sie werden es auch nicht tun. Nicht Mutsch, und Paps… ", sie überlegte einen Moment lang, "nein, er würde es auch nicht tun. Immerhin bekomme ich ein Kind, und Christian ist auch noch da. Er soll seine Liebe unter Beweis stellen. Reden kann man viel, jetzt muss er zeigen, dass er mich nicht angelogen hat." Sie holte tief Luft. "Da war sie wieder, die Angst vor der Zukunft.

Würde Christian sie fallen lassen wie eine heiße Kartoffel? Eigentlich war dies die schlimmste Vorstellung, die sie im Augenblick hatte. Mit den Eltern würde sie bestimmt reden können, da war sie inzwischen zuversichtlicher. Nein, sie fürchtete nichts so sehr wie die Begegnung mit dem Geliebten, der sie sicher verdammen würde.

Die einzige Chance, die Silvia noch hatte, war, ihm irgendwann einmal sein Kind zu zeigen, vielleicht später, in ein paar Jahren, wenn er seine Berufsausbildung abgeschlossen hatte.

Tief in ihrem Innern jedoch wusste Silvia, dass dieser Plan, den sie in langen Nächten gefasst hatte, undurchführbar war. Es war unmöglich, Jahre lang im Verborgenen zu leben, noch dazu mit einem kleinen Kind.

Die Schwangere ließ ihre Tasche fallen, sank auf einen der Stühle und schlug die Hände vors Gesicht. Nackte Angst schüttelte sie und die Taschenlampe fiel zu Boden. Das Licht erlosch.

Erschrocken fuhr Silvia zusammen. In diesem Moment fühlte sie es ganz genau, das leise Ziehen, das vom Rücken ausging und bis in ihren Leib ausstrahlte. Es war nicht schlimm, nicht sehr schmerzhaft, doch es war da. Und es war kein gewöhnlicher Schmerz, das ahnte Silvia.

Wollte das Kind etwa schon kommen? Es war noch viel zu früh. Oder wollte sich das kleine Wesen nur in Erinnerung bringen, sagen, dass es auch noch da war und Rechte hatte? Es wuchs in ihr, ein kleiner Mensch, der ein schönes Leben verdient hatte, solange er noch so hilflos und auf andere angewiesen war.

Sie, Silvia, war verpflichtet dazu, ihrem Kind dies zu ermöglichen. Alles musste sie tun, damit dieses neue Wesen einen guten Start bekam. Und auf einmal war sie da, die Freude, die Hoffnung in eine glückliche Zukunft, ob mit oder ohne Christian.

Sie legte die Hände auf ihren Leib und versuchte, gedanklichen Kontakt zu ihrem Kind aufzunehmen. Noch immer war dieser leise, pochende Schmerz da, gleichzeitig bewegte sich das Kind, und sie konnte den Tritt des winzigen Füßchens gegen ihre Bauchdecke fühlen.

Jetzt wusste Silvia, dass sie ihr Kind auch allein würde großziehen können, irgendwie. Sie liebte Christian so unendlich, dass sie auf einmal nur noch dankbar war dafür, dass sie sein Kind unter dem Herzen tragen durfte. Auf diese Weise würde sie immer zu ihm gehören, auch wenn er sie gar nicht mehr haben wollte.

Diesen Gedanken brauchte Silvia, um weiterleben zu können.

* * *

"Wie fühlen Sie sich, Herr Lorenz?“ Zufrieden betrachtete Dr. Holt seinen Patienten, der schon zum fünften Mal die durchblutungsfördernde Infusion bekam. Gleichzeitig hatte der Arzt Herrn Lorenz auch noch einige Präparate genannt, die er sich ohne Rezept in der Apotheke besorgen sollte.

Sie waren hervorragend dazu geeignet, den Cholesterinspiegel im Blut abzubauen und die Leistungsfähigkeit des Landwirtes zu fördern. Eigentlich wunderte sich der Arzt darüber, dass der Patient so bereitwillig alles besorgte, was er ihm vorschlug.

Herr Lorenz blickte dankbar zu Dr. Holt auf. "Vielleicht bilde ich es mir ja auch nur ein, Herr Doktor", gestand er sichtlich verlegen, "doch ich habe seit ein paar Tagen das Gefühl, dass ich Bäume ausreißen könnte, weil es mir so gut geht. Die Arbeit macht mir wieder viel mehr Freude, und auch mit dem Herzen scheint es besser zu gehen. Selbst meine Kopfschmerzen dürften bereits etwas nachgelassen haben."

"Das ist ja wunderbar." Alexander Holt bemühte sich, dem Patienten seine Begeisterung nicht zu deutlich zu zeigen. Der Landwirt könnte sonst eine völlig falsche Meinung von ihm bekommen. "Haben Sie sich auch Lecithin besorgt? Das ist besonders wichtig."

"Natürlich habe ich das", antwortete Herr Lorenz und beobachtete interessiert, wie der Landarzt eine Nadel aus der Verpackung herauslöste. "Ich habe gleich eine große Dose genommen, denn Frau von Melhus hat mir das Granulat empfohlen, weil man das höher dosieren kann."

"Eine gute Idee", lobte Dr. Holt.

"Sogar meine Frau nascht öfter von diesem Zeug,

weil es ihr ausgezeichnet schmeckt. Sie sind wirklich ein Segen für Haselheide, Herr Doktor."

"Danke für das Kompliment", sagte der Arzt ein wenig verlegen. "Sie werden sehen, bis in einem halben Jahr sind Ihre Blutfette längst nicht mehr so hoch wie zu Beginn der Therapie. Ich hatte befürchtet, dass Sie sich nicht an die Diät halten würden. Doch auch das haben Sie ausgezeichnet hin bekommen, so dass wir uns die Medikamente, die schwere Nebenwirkungen haben, inzwischen sparen können." Dr. Holt befestigte die Infusionsnadel mit einem breiten Klebestreifen, nachdem er sie in die Vene des Patienten eingeführt hatte. Ganz langsam, ließ er die Flüssigkeit in den Blutkreislauf von Herrn Lorenz hineintropfen. "Falls es Ihnen schwindelig wird, müssen Sie es mir sofort sagen."

"Ich weiß schon Bescheid, Herr Doktor." Der Landwirt verzog seinen Mund zu einem zufriedenen Lächeln. "Haben Sie es schon gehört, Herr Doktor?",

"Was meinen Sie?" Alexander Holt warf Kerstin Wolfart, seiner neuen Sprechstundenhilfe, einen belustigten Blick zu.

"Das gibt es doch nicht. Seit einigen Tagen ist des das wichtigste Thema in Haselheide im Wirtshaus."

"Bis jetzt hatte ich noch keine Zeit und auch keine Gelegenheit, in den Gasthof zu gehen. Doch ich verspreche, dass sich das in absehbarer Zeit ändern wird. Möchten Sie mir sagen, was es so wichtiges zu bereden gibt?",

"Silvia Ehleiter ist verschwunden."

"Sollte ich sie kennen? Ich bin noch nicht lange genug in Haselheide, um zu jedem Namen gleich die richtige Person vor Augen zu haben. Wer ist die Frau?“,

"Ein Mädchen", antwortete Herr Lorenz. "Silvia ist siebzehn oder achtzehn Jahre alt. Sie ist die Tochter des Gymnasiallehrers August Ehleiter, der im Gymnasium in Rothenhusen unterrichtet."

"Jetzt weiß ich es. Der Name ist mir bekannt. Meine Tochter Natja hat, glaube ich, Mathe bei Herrn Ehleiter. Kann das sein?“,

Der Landwirt nickte begeistert. "Genau der ist es. Er unterrichtet Mathe und Physik. Ich weiß das deshalb so genau, weil mein Sohn Peter auch bei ihm in Unterricht war. Er ist sehr streng. Da hat mein Peter immer gejammert."

"Weshalb ist die Tochter verschwunden? Wird sie denn von der Polizei gesucht?“,

"Die Eltern machen ein Geheimnis daraus, auch die Polizei haben sie nicht eingeschaltet. Ich hab keine Ahnung, wie die Geschichte überhaupt herausgekommen ist. Der Vater hat es bestimmt niemandem erzählt. Vielleicht hat ja Christian darüber geredet."

"Wer ist denn Christian?“,

"Christian Scholpp ist Silvias Freund. Doch wie ich gehört habe, weiß auch er nicht, weshalb das Mädchen davongelaufen ist."

"Und es wurde keine Polizei eingeschaltet? Das kann ich nicht glauben. Woher wissen die Leute denn überhaupt, dass das Mädchen nur davongelaufen ist. Es könnte doch auch gekidnappt worden sein."

"Sie muss wohl einen Abschiedsbrief hinterlassen haben mit der Bitte, dass man nicht nach ihr suchen solle. Doch das weiß ich auch nur von den anderen. Bitte behalten Sie das alles für sich, Herr Doktor. Ich möchte nicht als Klatschweib dastehen vor meinen Freunden."

Der Arzt schmunzelte in sich hinein. "Kein Problem", antwortete er, "ich werde schweigen wie ein Grab." Er erhob sich hastig. "Es ist ohnehin nicht gut, über Dinge zu reden, die man über ein paar Ecken und Kanten erfahren hat. Meist ist irgendetwas daran, was nicht stimmt. Und damit kann man den Leuten, die es unmittelbar betrifft, sehr weh tun."

"Sie haben ja Recht, Herr Doktor. Silvia ist nämlich ein liebes Mädchen. Sie wird schon ihre Gründe haben für diese Entscheidung. Ich kann mir vorstellen, dass sie bei diesem Vater nicht viel zu lachen hatte. Vielleicht ist sie deshalb davongelaufen."

"Das sind nur Vermutungen. Vielleicht hat sie auch Liebeskummer, in diesem Alter durchaus etwas Normales. Wenn die Eltern es nicht für richtig hielten, die Polizei einzuschalten, um sie zu suchen, dann wird es nicht so schlimm sein, wie es für

Außenstehende aussieht. Also warten wir geduldig ab, wie sich die ganze Geschichte klärt."

Dr. Holt wandte sich an seine Sprechstundenhilfe. "Wenn irgendwelche Unklarheiten auftreten, dann sagen Sie mir bitte sofort Bescheid, Kerstin. Doch inzwischen ist unser Herr Lorenz
mittlerweile schon ein alter Hase, was diese Infusionen betrifft. Er verträgt sie wirklich ausgezeichnet. Darüber bin ich sehr froh."

Kerstin antwortete beiläufig, weil sie gerade mit wichtigen Untersuchungen am Mikroskop beschäftigt war. "Sie können sich auf mich verlassen, Herr Doktor", sagte sie abschließend, dann fiel die Tür ins Schloss.

Dr. Holt ging mit raschen Schritten zu seinem Sprechzimmer, wo bereits der nächste Patient wartete. Plötzlich jedoch hielt er mitten in der Bewegung inne. Wie Schuppen fiel es ihm von den Augen. In seiner Scheune hatte eine Frau genächtigt. Daran bestand kein Zweifel. War es Silvia Ehleiter, die er, ohne es zu ahnen, die ganze Zeit über beherbergt hatte? Der Verdacht lag nahe. Deshalb wechselte der Landarzt auch sein Ziel und suchte statt des Sprechzimmers die Küche auf.

"Heute Nachmittag muss ich mit Ihnen sprechen, Herzblättchen", sagte er betont burschikos zu seiner Haushälterin, die mit hochrotem Kopf am Herd stand. "Sie haben doch Zeit für mich? Es ist wirklich dringend."

Ingeborg Blatt ahnte bereits, was auf sie zukam. Und jetzt bereute sie es auch, dass sie nicht schon vor ein paar Tagen Farbe bekannt hatte. Dann hätte sie es jetzt nämlich bereits hinter sich gehabt. "Natürlich habe ich Zeit", beeilte sie sich zu versichern. "Ich hätte nämlich auch etwas auf dem Herzen, ein Anliegen, das keinen Aufschub mehr duldet. Ich befürchte, ich habe eine Dummheit gemacht."

Dr. Holt blickte seine Haushälterin zweifelnd an. "Das Gefühl hab ich auch", sagte er auffallend ruhig. "In unserem Schuppen haust ein Gespenst. Oder ist es etwa Silvia Ehleiter, die es sich dort häuslich eingerichtet hat und die Sie regelmäßig mit allem versorgen, was sie braucht? Leugnen Sie nicht, ich hatte schon die ganze Zeit so ein komisches Gefühl, aber da wusste ich ja auch noch nicht, dass die Lehrerstochter seit einiger Zeit verschwunden ist. Die Eltern haben ja, aus welchen Gründen auch immer, keine Vermisstenanzeige erstattet. Ich versteh es nicht."

Die Frau antwortete nicht, nur ihre Gesichtsfarbe wechselte auf einmal von rot auf blass. "Woher wissen Sie?“, stotterte sie entsetzt.

"Also stimmt es." Der Arzt nickte vor sich hin. "In diesem Fall glaube ich, dass Sie Recht haben. Sie haben eine Dummheit begangen. Das Mädchen ist doch noch minderjährig."

"Silvia ist gerade volljährig geworden."

"Wir werden nachher alles besprechen, wenn ich

mit der Sprechstunde fertig bin. Allerdings", schränkte er ein, "wenn Sie mehr wissen als ich und Sie der Meinung sind, dass es keinen Aufschub duldet, dann bitte ich den Patienten, eine Weile zu warten."

Abwehrend hob Ingeborg beide Hände. "Ich will erst noch einmal darüber nachdenken. Die kleine Gnadenfrist bis heute Nachmittag brauche ich, denn ich will keinen Fehler machen, nicht unfair sein. Diese Geschichte ist so kompliziert, dass ich gar nicht weiß, was richtig und was falsch ist."

"Das scheint mir auch so. Also dann bis nachher."

"Bis nachher. Und – bitte bleiben Sie dem Schuppen fern, bis ich mit Silvia gesprochen hab. Das Mädchen vertraut mir, und wenn ich sie jetzt enttäusche, dann hat sie gar niemanden mehr. Bitte, nur dieses eine Mal lassen Sie mir die Entscheidung." Es war ihr offensichtlich sehr wichtig.

Dr. Holt zögerte einen Moment lang, dann nickte er. "Also gut, ich will Ihnen vertrauen. Auf ein paar Stunden kommt es jetzt auch nicht mehr an. Aber...

"Danke, Herr Doktor." Ingeborg Blatt nahm den Kochlöffel wieder zur Hand und rührte weiter in dem Topf. Sie zitterte am ganzen Körper und sie konnte es nicht beherrschen.

* * *

"Kann ich jetzt anfangen, Herr Doktor?", Frau Petersen, die für die Reinhaltung der Praxisräume zuständig war, kam bereits mit Eimer und Schrubber anmarschiert. In den letzten Wochen gestaltete sich die Zusammenarbeit mit dem neuen Landarzt zur Zufriedenheit aller.

Obwohl Frau Petersen anfangs so ihre Bedenken gehabt hatte, war sie jetzt rundherum zufrieden mit ihrer Arbeit. "Wenn Tanja möchte, kann sie mir wieder ein bisschen zur Hand gehen. Ich freue mich immer so sehr, wenn ich eine Weile auf die Kleine aufpassen darf."

Dr. Holt schaute von seiner Zeitung auf, die er immer in der Mittagspause zu lesen pflegte. "Natja wird glücklich darüber sein. Sie liebt es nämlich nicht sonderlich, wenn sie nachmittags auf ihre kleine Schwester aufpassen muss. Ich werde einstweilen mit Admiral meine Runde um den Haselheider See drehen. Leider haben meine Töchter für Unternehmungen dieser Art nicht viel übrig."

"Wenn sie älter sind, werden sie bestimmt mehr Gefallen finden an langen Spaziergängen", sagte Frau Petersen gutmütig. "Ich kann mich noch erinnern, dass ich als Kind auch nicht gerade begeistert war von spazieren gehen. Ich habe viel lieber mit Freunde gespielt."

"Sie haben Recht, Frau Petersen. Ich vergesse immer, dass Natja eigentlich auch noch ein Kind ist. Sie sieht schon so erwachsen aus. Und Tanja tut ohnehin nichts, was sie nicht schon bei ihrer Schwester gesehen hat." Er lachte leise.

"Falls ich früher mit Putzen fertig bin als Sie Ihren Spaziergang beendet haben, ist Frau Blatt noch im Haus. Sie wird die Kleine dann übernehmen." Dr. Holt pfiff durch seine Finger. "Wo ist Admiral abgeblieben?“,

"Ich habe den Hund vorhin im Garten gesehen", antwortete Frau Petersen. Sie bückte sich, um den Putzlappen um den Schrubber zu legen. Stöhnend richtete sie sich wenig später wieder auf. "Ich spüre, es wird Regen geben", stellte sie mit schmerzverzerrtem Gesicht fest. "Mein Rheuma macht sich wieder bemerkbar. Dabei habe ich mir die letzten Nächte immer ein altes Katzenfell um die Nieren gelegt. Es hat nichts gebracht. Also muss es am Wetter liegen."

Dr. Holt nickte, unterdrückte jedoch einen Kommentar. Natürlich konnte ein Katzenfell hilfreich sein, besonders wenn Gliederschmerzen ihre Ursache in einer Erkältung hatten. Aber das konnte nur klappen, wenn in dem Fell auch noch die Katze lebend drin steckte, das war inzwischen wissenschaftlich erwiesen. Nicht die Beschaffenheit des Felles war nämlich der heilsame Faktor sondern die besondere Ausstrahlung der Katze, die kein anderes Tier in diesem Maße hatte. Und im Fall von Frau Petersen waren ohnehin alle Maßnahmen in dieser Richtung viel zu schwach.

"Soll ich Ihnen eine Spritze geben?“, fragte er fürsorglich. "Sie wissen doch, dass es danach wieder für eine Weile besser ist. Allerdings kann ich mich nur wiederholen. Eine Kur wäre für Sie das Beste."

"Das geht doch nicht, Herr Doktor. Ich hab einfach keine Zeit dazu", jammerte Frau Petersen. "Meine Bienen... Ich kenne niemanden, dem ich diese Tierchen anvertrauen könnte. Sie brauchen mich jeden Tag. Wenn mein Hans endlich von seiner großen Fahrt heimkommt, dann werde ich auf Kur gehen. Das verspreche ich Ihnen hoch und heilig."

Der gläubige Blick in den Augen von Barbara Petersen verursachte bei Dr. Holt beinahe einen körperlichen Schmerz vor Mitleid. Alle in Haselheide wussten, dass Hans Petersen vor vielen Jahren schon auf hoher See geblieben war.

Nur seine treue Frau Barbara, jetzt seine Witwe, wollte das nicht glauben. Solange ihr geliebter Mann als verschollen galt, war sie der Überzeugung, dass er ganz einfach noch leben musste. Und da ihr Hans immer ein guter Mann gewesen war, glaubte sie, es ihm schuldig zu sein, seine heißgeliebte Bienenzucht bis zu seiner Rückkehr erhalten zu müssen.

"Dann werden wir also wieder mit einer Spritze nachhelfen müssen. Einverstanden, Frau Petersen?“, Aufmunternd nickte Alexander Holt ihr zu.

"Einverstanden, Herr Doktor." Ein wenig unbeholfen machte die etwas korpulente Frau ihr Gesäß frei und verzog für einen kurzen Moment lang das Gesicht, als der Arzt ihr die Spritze verabreichte. "Es hat gar nicht weh getan", versicherte sie jedoch, "ich habe mich nur einen Moment lang erschreckt."

"So ist es Recht. Das ist die richtige Einstellung. Ein Indianer kennt keinen Schmerz." Er knuffte sie freundschaftlich am Arm. "Wir beide sind doch Indianer, nicht wahr?“,

Frau Petersen strahlte ihn vertrauensvoll an. Ihre Augen schimmerten feucht vor Freude. Sie fasste sich jedoch sofort wieder. "Natürlich sind wir Indianer, Nordseeindianer." Sie lachte herzlich. "Dann an die Arbeit, sonst werde ich nicht fertig. Würden Sie Tanja ausrichten, dass ich mich auf sie freue?“,

"Das werde ich gern tun." Dr. Holt verließ eilig das Eßzimmer und lief die Treppen hinauf zu den Kinderzimmern. Er fand Natja mit einem Schulbuch auf ihrem Bett liegend, die Beine übereinandergeschlagen und trotz allem leise vor sich hinsummend.

Tanja lag zufrieden auf dem Bauch, hatte die Beine nach oben aufgestellt, und vor ihr auf dem Bett lag ebenfalls ein aufgeschlagenes Buch. Sie tat so, als würde sie lernen wie ihre große Schwester. Sie brummelte unverständliche Worte vor sich hin und beachtete ihren Vater gar nicht.

"Frau Petersen sucht dringend eine Hilfe zum Putzen", verkündete der Landarzt fröhlich. "Wie sieht es aus, Tanja? Willst du ihr nicht ein bisschen zur Hand gehen?“

"Wenn es sein muss", tat die Fünfjährige ergeben und rutschte sofort vom Bett herunter. "Wir können, Daddy."

"Was sagst du, Tanja? Ich dachte, dieser Ausspruch wäre bis jetzt das Vorrecht deiner älteren Schwester gewesen. Hat sie dir das etwa beigebracht?“,

Die Kleine grinste spitzbübisch und zeigte dabei ihre großen Schneidezähne, die ihr ein bisschen das Aussehen eines Hasen verliehen. "Ich weiß es nicht, Daddy." Sofort wanderte der Daumen in den Mund.

"Was du nur wieder denkst, Daddy", wehrte sich Natja sofort. "Ich weiß, dass du diesen Ausdruck nicht magst. Nein, nein, ich habe es ihr gewiss nicht beigebracht, ich habe keine Schuld daran." Ihr Lächeln vertiefte sich. "Wenn ich deinen Gesichtsausdruck richtig deute willst du uns sagen, dass du jetzt mit Admiral deine Runde drehst. Er hat es auch bitter nötig, so dick wie unser Hund in der letzten Zeit geworden ist. Ich befürchte, jemand aus unserer Familie füttert ihn heimlich mit Leckerbissen."

Nur zu gern ging der sympathische Arzt auf den Ablenkungsversuch seiner Ältesten ein. "Ich weiß auch, wer das ist. Natürlich unsere liebe Frau Blatt. Sie scheint mit Frau Petersen unter einer Decke zu stecken. Wir werden höllisch auf Admiral aufpassen müssen, sonst wird aus unserem Wachhund noch ein Schoßhund."

Sie lachten alle drei, und Dr. Holt nahm seine Jüngste an der Hand, um sie zu Frau Petersen zu bringen.

Im Hinausgehen gab Tanja ihrer großen Schwester noch die Anweisung, auf jeden Fall ihr Buch dort liegen zu lassen, wo sie es hingelegt hatte. Sie müsste unbedingt noch lernen für die morgige Klassenarbeit."

Natja lachte, doch ihr Vater hob demonstrativ die Hand. "Siehst du, deine kleine Schwester ist sehr pflichtbewusst. Nimm dir ein Beispiel."

"Werde ich tun, Dad", antwortete Natja, ohne ihren Blick von dem Buch zu wenden.

Kaum eine halbe Stunde später hatte Dr. Holt bereits die Stelle des Haselheider Sees erreicht, die ihm besonders gut gefiel. Es war bei der alten Holzhütte, dort, wo nur selten ein Spaziergänger hinkam.

Der Arzt fühlte sich hier ausgesprochen wohl und unbeobachtet. Er setzte sich gern auf den Felsbrocken, der am Ufer lag, ließ den Hund frei und starrte aufs Wasser hinaus, das sich unter dem leisen Wind, der jeden Nachmittag aufkam, ein wenig kräuselte.

Noch einmal ging der Arzt in Gedanken das Gespräch durch, das er mit seiner Haushälterin gehabt hatte. Endlich hatte sie ihm gestanden, dass sie tatsächlich seit Wochen für Silvia Ehleiter sorgte, die ein Kind von ihrem Freund erwartete. Und als sie dann gemeinsam zu der Scheune gingen, um Silvia zu einer vernünftigen Entscheidung zu bewegen, da war der Ort verlassen gewesen. Auch die Reisetasche war nicht mehr da.

Im ersten Impuls hatte der Arzt beschlossen, sofort zur Polizei zu gehen und eine Fahndung nach der Schwangeren zu veranlassen, doch Frau Blatt hatte ihn noch einmal um ein paar Stunden Aufschub gebeten in der Hoffnung, Silvia würde freiwillig zurückkommen. Weit konnte sie in ihrem Zustand ohnehin nicht mehr kommen.

Alexander hatte sich überreden lassen mit einem mulmigen Gefühl in der Magengegend. Das war auch der Grund dafür, dass der Landarzt wieder einmal die Einsamkeit suchte. Er wollte nachdenken, was weiterhin zu tun war. Silvia musste geholfen werden, jetzt, da er wusste, dass sie ein Kind erwartete. Er hatte nur noch keine Vorstellung davon, auf welche Weise er das anstellen sollte. Am liebsten hätte er sich ja gleich mit den Eltern in Verbindung gesetzt, doch dann erschien ihm diese Möglichkeit lediglich als der letzte Ausweg.

Im zweiten Impuls hatte er versucht, Frau Ehleiter anzurufen und sie in seine Praxis zu bitten. Doch er hatte es als Fügung des Schicksals angesehen, dass niemand ans Telefon gegangen war. So blieb ihm noch genügend Zeit, seine Entscheidung erneut zu überdenken.

Dr. Holt war froh, dass an diesem Nachmittag

keine Spaziergänger unterwegs waren. Mittlerweile war er so bekannt in Haselheide und auch recht beliebt, dass er sicher bald jemanden gefunden hätte, der ihn nur zu gern begleitete. Doch er zog die Einsamkeit einer Unterhaltung vor, zumindest heute.

Sein Wunsch erfüllte sich jedoch nicht. In der Ferne entdeckte er eine einsame Frauengestalt, die ein Fahrrad mit sich führte. Er wollte sich schon ärgern und irgendwo in die Büsche schlagen, bis die Frau vorbei war. Doch dann erkannte er sie. Es war Claudia von Melhus. Gegen eine Begegnung mit ihr hatte er natürlich nichts einzuwenden.

"Schön, Sie zu sehen, Claudia", begrüßte er die Ankommende.

Claudia von Melhus stieg von ihrem Fahrrad ab. "Was führt Sie denn um diese Tageszeit her, Alexander? Ich dachte, sie würden noch schwitzend in Ihrer Praxis Dienst tun."

"Heute ist Mittwoch. Da ist nachmittags geschlossen", klärte er sie schmunzelnd auf, "genau wie der Lebensmittelladen und die Apotheke", fügte er hinzu.

"Hab schon verstanden. Deshalb also nützen Sie die Freizeit und bewundern unser herrliches Land."

Der Arzt nickte. "Das auch", gestand er. "Außerdem tut mir ein wenig Bewegung sehr gut. Dabei kann man besser nachdenken."

"Möchten Sie darüber reden?“, Claudia hatte sofort gemerkt, dass Dr. Holt ein wenig in sich gekehrt war.

Offenbar beschäftigte ihn ein Problem. "Hat es mit der Praxis zu tun oder ist es mehr privater Natur?“,

"Es hat mit der Praxis zu tun", gestand er und lächelte für einen kurzen Moment. Deshalb darf ich nichts sagen", gestand er ihr ein. "Kennen Sie eigentlich Silvia Ehleiter?“, Er merkte erst, als er ausgesprochen hatte, dass er Claudias Frage mit dieser Gegenfrage indirekt beantwortet hatte.

Verwundert blickte die Frau ihn an. "Sie ist ein nettes Mädchen, gerade achtzehn und seit einiger Zeit verschwunden. Mehr weiß ich auch nicht. Hat Ihre schöpferische Pause etwa mit Silvia zu tun?“,

"Und wie", gestand Dr. Holt. "Manchmal ist es schon ein nicht zu übersehendes Hindernis, wenn man neu ist in einer Stadt. Es vereinfacht vieles, die Leute zu kennen, die um einen herum wohnen, um ihre Geschichte zu wissen oder wenigstens, wie alt sie sind. Ich weiß überhaupt nichts, und manchmal frage ich mich, was ich anstellen soll, um rascher hier heimisch zu werden."

"Sie dürfen nicht zuviel erwarten, Alex. Immerhin haben Sie in der kurzen Zeit, die Sie bei uns leben, schon sehr schöne Fortschritte gemacht. Wenn ich denke..." Claudia hielt in ihrer Rede inne. "Haben Sie das auch gehört?“,

Dr. Holt schüttelte den Kopf, dennoch lauschte er.

Da war es wieder, dieses leise, verzweifelte Wimmern, das ihn bis ins Herz traf. Sofort dachte er wieder an Silvia.

"Das muss sie sein. Natürlich, das ist sie. Hier stöhnt ein Mensch, ein Mädchen." Er versuchte, die Richtung zu erkennen. "Es scheint aus der Hütte kommen."

Zuerst blickte Claudia ein wenig verwundert, doch dann stimmte sie ihm zu. "Schnell, dem verzweifelten Jammern nach dürfte es wirklich schlimm sein. Vielleicht hat sie sich ja verletzt." Claudia von Melhus rannte los und riss die Tür auf. Mit einem Blick übersah sie die Situation.

Das hübsche Mädchen kauerte auf dem Boden, hatte die Hände auf den Leib gepresst und wimmerte vor sich hin. Es war tatsächlich Silvia Ehleiter, die jetzt hilfesuchend zu Claudia blickte. "Es ist doch noch gar nicht Zeit", stöhnte sie, als gerade die nächste Wehe einsetzte. "Sie kommen schon alle fünf Minuten."

"Rasch Alex, hier geht es um Minuten." Claudia war bereits bei Silvia und strich ihr das lange, verschwitzte Haar aus der Stirne. "Himmel - Mädchen, was machst du nur für Sachen?" Sie erhob sich rasch, als Dr. Holt sich jetzt ebenfalls neben Silvia auf den Boden kauerte.

"Haben Sie große Schmerzen, Silvia? Wie lange befinden Sie sich schon in diesem Zustand?" Er half der Gebärenden, sich hinzulegen und untersuchte sie dann vorsichtig und mit geübten Griffen. Dabei versuchte er, weiterhin mit ihr zu sprechen, was ihm teilweise auch gelang. So konnte er sie ein wenig von ihrer Angst ablenken.

"Machen Sie die Tür weit auf, Claudia, damit ich etwas Licht bekomme und Silvia frische Luft. Hier ist es so stickig, dass es kaum auszuhalten ist." Er wandte sich kurz zu seiner Begleiterin um, die ein wenig ratlos dastand. "Ich bin so froh, dass wir Silvia gerade noch rechtzeitig gefunden haben."

"Es tut mir so Leid." Dem Mädchen liefen Tränen über die Wangen. Eine starke Wehe ebbte gerade ab und Silvia konnte wieder einen klaren Gedanken fassen. "Werden Sie es meinen Eltern sagen - und Christian?“,

Claudia wischte Silvia den Schweiß von der Stirne. "Alle machen sich große Sorgen um dich. Ach, Silvia, warum nur bist du nicht zu mir gekommen? Wir haben uns doch immer gut verstanden." Echte Betroffenheit schwang in Claudias Stimme mit.

"Ich weiß auch nicht... ich hab gar nicht daran gedacht." Die Gebärende verzog vor Schmerzen das Gesicht. "Es wird immer schlimmer. Werde ich jetzt wirklich mein Kind bekommen?“,

"Es kann nicht mehr sehr lange dauern, jedenfalls meinen Erfahrungen nach", antwortete Dr. Holt sofort. Auch seine Stirne war schweißnass, denn in der Hütte war die Luft trotz der geöffneten Tür noch immer ziemlich warm.

"Können Sie rasch einen Krankenwagen verständigen, Claudia?“, wandte er sich erneut an Claudia. "Ich habe vorhin bei dem Bootsverleih jemanden gesehen. Sicher können Sie von dort aus telefonieren. Mein Handy hat hier jedenfalls keinen Empfang, das hab ich bereits probiert. Es sieht aus, als würde in der nächsten halben Stunde ein neuer Mensch das Licht der Welt erblicken."

Claudia rannte sofort los, während Alexander versuchte, das Mädchen zu beruhigen. In Bruchstücken erfuhr der Arzt sogar Silvias Geschichte, und er tat so, als hätte er noch nie zuvor etwas von Silvia Ehleiter gehört.

Auf diese Weise gelang es ihm gut, das Mädchen ein wenig von seinen Schmerzen abzulenken bis der Krankenwagen eintraf. Der Notarzt besprach sich kurz mit Dr. Holt, dann hoben die beiden Sanitäter das Mädchen auf die Trage und brachten sie zum Auto. Mit eingeschaltetem Blaulicht fuhren sie davon.

Dr. Holt wischte sich den Schweiß von der Stirne. "Das war knapp", er lächelte Claudia an, die ebenfalls noch ziemlich aufgeregt war. "Wären wir nicht zufällig hier gewesen, hätte das sowohl für die Mutter als auch für das Kind schlecht ausgehen können."

"Dann wollten Sie also über die junge werdende Mutter nachdenken, als sie zu einem Spaziergang an den See aufbrachen. Woher wussten Sie eigentlich davon? Ich glaube nicht, dass die Eltern, vor allem der strenge Vater, mit irgendjemandem darüber gesprochen hat.

"Konnte er auch gar nicht. Die Eltern sind bis jetzt noch ahnungslos, ebenso der werdende Vater. Das wird eine schöne Überraschung geben. Silvia ist Ende des siebten Monats. Hoffentlich ist das Kind kräftig genug. Sie hätte eine Kortisonspritze für die Lungenreife gebraucht. Doch dafür ist es jetzt leider zu spät."

"Silvia hätte schon früher zum Arzt gehen müssen", sagte Claudia leise. "Möge der Himmel ein Einsehen haben und das Leben der beiden schützen."

Dr. Holt schloss sich diesem Wunsch an, und gemeinsam setzten sie ihren Weg um den Haselheider See fort. Sie sprachen kaum etwas, dennoch herrschte in diesem Moment eine sehr angenehme Atmosphäre zwischen ihnen. Sie fühlten sich durch das Ereignis richtig verbunden miteinander, ihre Freundschaft, die erst im Keimen war, vertiefte sich.

In der Zwischenzeit wurde noch im Notarztwagen ein Mädchen geboren, ziemlich klein noch, rothäutig und etwas verschrumpelt, weil es noch nicht genügend ausgereift war. Doch es war lebensfähig, gerade so.

Silvia war unendlich dankbar dafür, dass ihr Leichtsinn nicht noch mehr bestraft wurde. Sie wusste, dass sie ihr kleines Mädchen behalten durfte, und sie nahm sich ganz fest vor, alles für dieses hilflose Wesen zu tun, was in ihrer Macht stand.

Christiane sollte die Kleine heißen, egal, ob der

Vater sich darüber freute oder nicht. Für Silvia jedoch war es ein großes Wunder, als sie ihr Kind zum ersten Mal im Arm hielt. Das war der Moment, als der Notarztwagen das Kreiskrankenhaus erreichte.

* * *

Wie ein Lauffeuer verbreitete sich in Haselheide die Kunde über die wundersame Geburt der kleinen Christiane Ehleiter in der einsamen Holzhütte am Haselheider See. Claudia hatte ins Restaurant gehen müssen, um im Krankenhaus anzurufen, denn als sie da ankam, war der Besitzer der Boote nicht mehr da gewesen. Natürlich durfte sie das Telefon benützen, das an dem einen Ende der Theke stand, doch so hatten ihr natürlich der Wirt und auch einige Gäste voller Interesse zugehört und die Neuigkeit gleich weitererzählt.

Vor allem jedoch wurde über Dr. Holt geredet, der zusammen mit Claudia von Melhus zum Helden des Tages erklärt wurde. Auch Admiral wurde lobend erwähnt und bekam vom Metzger eine Portion feinster Fleischknochen, die er mit gesundem Appetit verspeiste.

Wortführer im Wirtshaus war natürlich Landwirt Lorenz, der einer der ersten Patienten des neuen Landarztes war. Voller Begeisterung erzählte er von der neuen Behandlungsmethode, die Dr. Holt bei ihm durchführte und die ihm doch so gut tat. Sogar Frau Lorenz wollte nun endlich einmal in Dr. Holts Praxis gehen und sich untersuchen lassen.

Doch niemand im Haus des Landarztes war über den glücklichen Ausgang der Geschichte mehr erleichtert als Ingeborg Blatt. Als sie erfuhr, was passiert war, brach sie erst einmal unter einem Tränenstrom zusammen, und Dr. Holt hatte seine liebe Mühe, sie wieder einigermaßen aufzurichten.

Natja war so begeistert von der Geburt des kleinen Mädchens, dass sie am nächsten Tag gleich ins Krankenhaus fahren wollte, um Silvia zu besuchen, die sie vom Sehen kannte, da sie ja dasselbe Gymnasium besuchten.

Am meisten überrascht jedoch waren Herr und Frau Ehleiter. Noch an dem Nachmittag, als Alexander und Claudia das Mädchen in der Hütte gefunden hatten war der Arzt zu den Eltern gefahren, um ihnen die erlösende Nachricht zu überbringen. Zuerst hatte er es mit telefonieren versucht, gleich vom Haselheider See aus, doch niemand hatte abgehoben.

So war er zuerst nach Hause gegangen, hatte seiner Familie die frohe Kunde überbracht und war dann in sein Auto gestiegen, um zu den Ehleiters zu fahren. Und dieses Mal hatte er sie sogar angetroffen.

Herr Ehleiter hatte nur abwehrend die Hände gehoben, als der Landarzt nur den Namen seiner Tochter erwähnte. "Silvia ist im Augenblick nicht zu sprechen", sagte er und wollte den Besucher einfach zur Tür hinauskomplimentieren. "Ich kann mir auch nicht vorstellen, was Sie mit unserem Kind zu besprechen hätten."

"Ich habe nicht gesagt, dass ich mit Silvia reden will." Der Arzt furchte ärgerlich die Stirne. In diesem Moment konnte er sogar die zunächst unverantwortlich scheinende Entscheidung des Mädchens verstehen. Dieser Vater hätte bestimmt kein Verständnis für das schlimme Problem seiner Tochter aufgebracht.

"Dann sagen Sie rasch, was Sie von uns wollen." Das Gesicht des Lehrers hatte sich leicht gerötet. "Wir haben nicht viel Zeit, sind gerade erst von der Arbeit heimgekommen."

"Ich werde Sie nicht lange aufhalten." Auch Dr. Holt fasste sich jetzt kurz. "Silvia hat mich gebeten, Ihnen zu sagen, dass Sie Großeltern geworden sind. Vor einer guten Stunde hat sie mich aus dem Kreiskrankenhaus angerufen."

"Sind Sie verrückt geworden?“, entfuhr es dem Mann.

"Halt endlich deinen Mund, August." Die ganze Zeit über hatte Corinna Ehleiter nur schweigend zugehört. Jetzt jedoch schien sie langsam zu begreifen, was passiert war. Silvia, ihr kleines Mädchen, war selbst Mutter geworden. Deshalb also hatte ihr bisher fast knabenhafter Körper in den letzten Wochen, in denen sie noch im Elternhaus gelebt hatte, solche fraulichen Rundungen angenommen, und auch deshalb hatte sie es vorgezogen, heimlich zu verschwinden, ehe ihr Zustand sichtbar wurde. Wie sehr musste ihr kleines Mädchen gelitten haben, so allein und voller Ängste. Schuldgefühle und Hilflosigkeit drückten Corinna schwer.

"Können wir gleich zu ihr?“, fragte sie und hatte schon ihre Handtasche und die Autoschlüssel in der Hand. "Ich kann Ihnen gar nicht sagen, wie erleichtert ich bin. Endlich hab ich mein einziges Kind wieder. Und dann noch mit einem Baby." Sie schluchzte auf. "Ich freu mich so", fuhr sie fort. Nun ist doch noch alles zu einem guten Ende gekommen Silvie hat ein Kind bekommen. Kein Wort hat sie uns davon gesagt. Und jetzt..." Unvermittelt begann Corinna zu weinen. Sie schlug die Hände vors Gesicht und brauchte eine ganze Zeitlang, bis sie sich wieder etwas beruhigt hatte..

Auch August Ehleiter begann erst langsam zu begreifen. Immer wieder schüttelte er den Kopf. "Silvia ist Mutter. Ich glaub es nicht. Das kann nicht sein, sie ist doch noch ein Kind. Was bin ich nur für ein Vater, der sein Ansehen über das Wohl seines einzigen Kindes stellt. Ich… schäme mich sehr", murmelte er leise. "Aber ich dachte immer, dass sie noch ein Kind ist. Da passiert doch so was nicht. "

"Silvia ist achtzehn, August, hast du das vergessen? Sie ist eine erwachsene Frau." Corinna wischte sich die Tränen aus dem Gesicht. "Und nun lass uns endlich zu unserer Tochter fahren. Ich kann es kaum mehr erwarten."

"Und der Vater? Wer ist der Vater? Etwa Christian?“, August rührte sich noch immer nicht von der Stelle. "Der kann etwas erleben. Weiß er es schon?“,

"Ich denke, Silvia wird ihn anrufen, wenn sie dazu in der Lage ist", antwortete Dr. Holt und verabschiedete sich hastig von den Eheleuten. Er war zufrieden. Zumindest Silvias Eltern waren auf Seiten der Tochter. Nun würde alles gut werden, dessen war der Arzt sicher.

"Du bist schon ein toller Mann, Vati", stellte Natja an diesem Abend fest und blickte Alexander bewundernd an. "Ich glaube, ich will Ärztin werden."

"Wie bitte?“, Der Landarzt blickte seine Älteste zweifelnd an. "Wann hast du dir das überlegt?“,

"Gerade eben", antwortete Natja und grinste.

"Dann bin ich beruhigt."

Plötzlich breitete die Fünfzehnjährige ihre Arme aus. "Ich hab dich lieb, Daddy", sagte sie nur und schmiegte sich an den Landarzt.

"Ich liebe dich auch so sehr, mein Mädchen", sagte Dr. Holt leise und strich seiner Tochter über die langen kastanienbraunen Haare. In diesem Moment war er dem Schicksal unendlich dankbar für die beiden Kinder. Sie waren sein Leben.

* * *

Silvia fühlte sich zwar noch ziemlich müde und ein wenig deprimiert, weil ihr kleines Töchterchen die nächsten Wochen im Brutkasten verbringen musste. Doch seit sie wusste, dass bald alles in Ordnung kommen und Christiane keinen bleibenden Schaden durch ihren Leichtsinn davontragen würde, da war für die junge Mutter die Welt schon fast wieder in Ordnung.

Am Abend waren auch ihre Eltern im Krankenhaus gewesen, um endlich ihre geliebte Tochter wieder in die Arme schließen und das neue Enkelkind bewundern zu können. Nichts trugen sie Silvia nach, im Gegenteil, sie waren froh, dass nichts Schlimmeres passiert war.

Vor allem August schien eine innere Wandlung durchgemacht zu haben. Mit großen, bewundernden Augen stand er vor dem Brutkasten und beobachtete sein erstes Enkelkind.

"Christiane könnte fast noch meine Tochter sein", stellte er fest, mit einem kleinen Seitenblick auf seine Frau, die vor Freude ein wenig errötete. "Ich kann es kaum mehr erwarten, bis wir die beiden Kinder wieder zuhause haben."

Silvia lächelte ihre Mutter glücklich an und streckte die Hand aus, die Frau Ehleiter sofort ergriff. "Danke, Mutti, dass ihr beide gekommen seid", sagte das Mädchen leise.

"Danke, Silvie, dass du solch ein hübsches Kindchen bekommen hast und dass du uns nichts nachträgst. Ich weiß, dass wir einen großen Teil der Schuld zu tragen hätten, wenn etwas schief gegangen wäre. Doch in Zukunft sind wir immer für euch beide da. Wenn du Hilfe brauchst, dann sag es. Wir wollen für euch sorgen, solange du es gestattest."

"Dann kann ich also meine Schule fertig machen?",

"Natürlich, mein Mädchen." Corinna strich ihrer Tochter übers Haar. "Du sollst es sogar. Hast du schon mit Christian gesprochen?", fragte die Frau unvermittelt.

Silvia schüttelte den Kopf. "Ich habe nur der Haushälterin gesagt, wo er mich finden kann, falls er mich sucht. Bis jetzt hat er sich noch nicht gemeldet."

In diesem Moment wurde ein wenig zaghaft an die Tür geklopft. Auf Silvias ´Herein` betrat Christian das Einzelzimmer, als hätte er nur auf sein Stichwort gewartet. Er war ziemlich verlegen und hielt den riesigen Strauß bunter Sommerblumen wie ein Schutzschild vor sich. "Frau Kaupp sagte, du bist krank und im Krankenhaus. Was ist denn bloß passiert? Hattest du einen Unfall?",

Richtig aufgeregt sah Christian jetzt aus, als er auch noch Silvias Eltern entdeckte, die ihm seltsam bewegt entgegenlächelten. "Wir alle haben uns solch große Sorgen um dich gemacht, als du plötzlich verschwunden warst."

"Komm ruhig näher, Christian. Ich beiße nicht“, stellte Silvia lächelnd fest. "Und deine Tochter ebenfalls nicht, denn sie hat noch keine Zähne."

"Was sagst du? Meine Tochter?“, Er verstand nicht, blickte nur immer wieder fragend von einem zum anderen. "Ich habe keine Tochter."

"Hast du doch. Sie heißt Christiane und ist gerade vier Stunden alt. Willst du sie sehen?“, In Silvias Augen flackerte Angst vor der Reaktion des geliebten Mannes.

"Eine Tochter. Ich habe eine Tochter." Er schüttelte den Kopf. "Bist du etwa deshalb abgehauen?“,

"Du hast gesagt, mit einem Kind würdest du dich erpresst fühlen. Ich war, als ich dich nach deinen Gefühlen fragte, bereits schwanger. Glaub mir, Christian, ich hab es nicht absichtlich getan." Einen Moment lang kämpfte sie mit den Tränen. Dann jedoch hatte sie sich wieder gefasst. "Jetzt allerdings bin ich froh über mein Kind. Für nichts auf der Welt würde ich es wieder hergeben. Christiane ist so süß." Ein seliges Lächeln erhellte ihr blasses Gesicht, dem man die Strapazen der vergangenen Wochen und vor allem Stunden noch deutlich ansah.

Christian räusperte sich, weil Rührung seine Kehle zuschnürte. "Ich weiß nicht, was ich sagen soll außer... verzeih mir, Silvie. Ich glaube, ich hab da einiges versiebt."

"Bestimmt sind wir beide je zur Hälfte daran

beteiligt", antwortete die junge Mutter und lächelte noch immer. "Ich hätte dir gleich die Wahrheit sagen sollen, dann hätte ich mir die schlimmen Wochen in Doktor Holts Scheune und die beiden furchtbaren Tage und Nächte in der Hütte am See ersparen können."

Silvias Eltern zogen sich bei Christians Eintreffen diskret zurück. Sie wollten noch Christians Eltern aufsuchen, mit denen sie sich in all den Jahren doch ziemlich gut verstanden hatten. Gemeinsam musste man überlegen, wie man den Kindern am besten helfen konnte, gleich, wie Christian sich für die Zukunft entscheiden würde. Doch dass er zu Silvia und zu seinem Kind halten würde, dessen waren sich die Ehleiters seit ein paar Minuten ganz sicher.

Einen kurzen Blick nur durfte der junge Vater auf seine Tochter werfen, die so winzig war, dass Christian fast Angst um sie bekam. Wie sollte solch ein kleines Wesen überhaupt lebensfähig sein? Das war seine Tochter - sein eigen Fleisch und Blut? Das war mehr, als sein Verstand im Augenblick aufnehmen konnte. Und doch fühlte er, wie eine übermächtige Freude in ihm aufstieg.

"Ich danke dir, Silvia", sagte er wenig später, als er ins Krankenzimmer seiner Freundin zurückgekehrt war. "Christiane ist das schönste Kind, das ich je gesehen habe. Soviel Glück hab ich gar nicht verdient nach all dem Unsinn, den ich zu dir gesagt habe. Ich weiß ja", er senkte verlegen den Blick, "dass es schon reichlich spät ist für diese Frage. Dennoch will ich sie dir stellen, und du sollst wissen, dass nicht nur unser gemeinsames Kind der Auslöser dafür ist. Ich liebe dich, Silvia, und ich möchte mit dir zusammen und mit unserer Tochter eine richtige Familie sein. Willst du - wollt ihr beiden mich heiraten?“,

Silvia schluchzte leise vor Glück und Erleichterung, als sie ihrem Christian das Jawort gab. "Ich liebe dich so sehr", gestand sie später unter Tränen, "dass ich lieber ganz allein mein Kind bekommen wollte als mir von dir den Vorwurf machen zu lassen, ich hätte auf diese Weise eine Heirat erzwingen wollen."

"Kleines Dummchen", antwortete Christian mit rauer Stimme und küsste seine Braut zärtlich auf die Nasenspitze. "Ab jetzt wird über alles geredet und nicht voreilig Schlüsse gezogen. Das bestimme ich als Oberhaupt der neu gegründeten Familie Scholpp." Zur Bekräftigung nickte er heftig, und die beiden junge Leute sanken sich vor inniger Liebe in die Arme und hielten sich so fest, als wollten sie sich nie wieder loslassen.

Als Silvia ihrem Christian in der kleinen Kirche von Haselheide das Jawort gab, waren fast alle Leute auf den Beinen. Ganz vorne bei den Angehörigen saß Dr. Holt mit seinen Töchtern, Claudia von Melhus und Ingeborg Blatt. Sie waren an diesem Tag die

Ehrengäste.

Gleichzeitig mit der Hochzeit wurde auch die Taufe der kleinen Christiane gefeiert, die, erschreckt von dem kalten Wasser, lautstark zu brüllen anfing.

"Sie scheint sehr gute Lungen zu haben auch ohne Kortisonspritze", flüsterte Claudia von Melhus dem Landarzt zu. Mit einem strahlenden Lächeln blickte ihn die schöne Frau an.

Alexander lächelte zurück. "Manchmal hilft sich die Natur selbst", gab er zur Antwort, und seine Stimme klang ein wenig heiser vor Rührung. Die Erinnerung an seine eigene Hochzeit und an die Taufe seiner Kinder holte ihn in diesem Moment ein und überrollte ihn wie eine Meereswoge.

Doch diese Stimmung hielt nicht lange an. Als sie als einige der letzten nach den übrigen Gästen aus der Kirche traten, empfing sie heller Sonnenschein. Von dem Bauernhof ganz in der Nähe der Kirche war das Gebell eines Hundes zu hören, das sich mit dem Gegacker der Hühner vermischte.

In einiger Entfernung zog eine große Schafherde über die abgemähten Wiesen und vervollständigte das Bild grenzenlosen Friedens. Haselheide lag für Dr. Holt in diesem Moment am Ende der Welt, dort, wo man sonst das Paradies vermutet. Und so sollte es auch bleiben.

E N D E

Dr. Holt Großbände

Band 1	Denn ewig lebt die Liebe
Band 2	Ein Herz für mich alleine
Band 3	Ein Märchen wird zur Wirklichkeit
Band 4	Einsame Tränen trocknet nur der Wind
Band 5	Wenn aus Freundschaft Liebe wird

Dr. Holt Einzelbände

Band 1 Denn ewig lebt die Liebe

Band 2 Flucht ins Leben
Band 3 Spiel niemals mit der Liebe
Band 4 Im Moor lauert das Grauen
Band 5 Bitte vergib mir, mein Kind
Band 6 Einsame Tränen trocknet nur der Wind
Band 7 Als alle Hoffnung zerbrach
Band 8 Wenn aus Freundschaft Liebe wird
Band 9 Nur die Liebe stellt die Weichen
Band 10 Wenn ein Märchen wahr wird

Weitere Romane von Daniela Buchholz

Gesucht: Ein Mutterherz
Morgen lachen wir gemeinsam
Ich wollte euer Kind nur sein
Eine Mutti für mein Kind
Schenk mir dein Herz, Prinzesschen
Obwohl es fast verloren schien
Die barmherzige Lüge
Ihr hattet mich doch einmal lieb
Kinderherzen weinen leise

und weitere…

Printed in Germany
by Amazon Distribution
GmbH, Leipzig

26411750R00082